集英社オレンジ文庫

吸血鬼の誕生祝

赤川次郎

CONTENTS

MAIN CHARACTERS

神代エリカ

吸血鬼クロロックと日本人女性の間に生まれたハーフの吸血鬼。
父ほどではないが、吸血鬼としての特殊能力を受け継いでいる。
現役女子大生。

フォン・クロロック

エリカの父で、東欧・トランシルヴァニア出身の正統な吸血鬼。
…なのだが、今は『クロロック商会』の
雇われ社長をやっている。恐妻家。

涼子

エリカの母亡き後、クロロックの後妻となった。
エリカより一つ年下だが、一家の実権は彼女が
握っていると言って過言ではない。

虎ノ介

通称・虎ちゃん。クロロックと後妻・涼子の間に生まれた、
エリカの異母弟にあたる。特殊能力の有無はまだ謎だが、
噛み癖がある。

橋口みどり

エリカ、千代子と同じ大学に通っている友人。
かなりの食いしんぼで、美味しいものがあれば文句がないタイプ。

大月千代子

エリカ、みどりの友人で、大学では名物三人組扱いされている(?)。
三人の中では、比較的冷静で大人っぽい。

KYUKETSUKI NO TANJOIWAI

吸血鬼の
誕生祝

JIRO ✱ AKAGAWA

赤川次郎

吸血鬼は化け猫がお好き

充分、元は取った。

——少々いじましいが、会費を払ってパーティに出ている以上、その金額分ぐらいは食べないと。

〈クロロック商会〉の社長ではあるが、本来永く続く正統派吸血鬼一族、フォン・クロロック。そして人間の日本人女性との間に生まれた神代《かみしろ》エリカ。

二人は、〈クロロック商会〉の関連業界の開いたパーティに出席していた。

立食形式の料理は、さすが都内の一流ホテルだけのことはあって、なかなかの味だった。そして会費の方も、なかなかだった……。

数百人が出席して、会場は人いきれで暑いほど。

クロロックはやはり仕事の付き合いのある客たちと話をしたりするので、食べてばかりいられない。それに引きかえ、まだN大生のエリカは存分に食べることに専念できた。

しかし、いくら「もったいない」と思っても、食べられる量には限度がある。

「もう入らない……」

エリカはそう呟《つぶや》くと、ともかく一度会場を出て、ひと息つくことにした。

「みどりがいたら、大喜びするだろうな……」

みどりとは、同じN大生の橋口《はしぐち》みどりのことだ。もう一人、大月千代子《おおつきちよこ》を入れた三人組は、大学でも有名だった。

みどりは体格も堂々としているが、その分食べることに目がない。

満腹になるまで食べると、ついみどりのことを思い出してしまうのだった……。

ホテルの宴会場フロアをぶらついていると、

「すみません！　ちょっと待っていただけますか。撮影中で」

と、ジーンズ姿の男に止められる。

「へえ……。映画ですか？　ＴＶ？」

興味を持って眺めていると、ロビーの奥の一角を借りて、撮影のスタッフが忙しく駆け回っている。――ロケ？

「ＣＭを撮ってるんです」

と、若いスタッフが言った。

「ああ、なるほど」

広々としたホテルのロビーに、ライトがセットされ、カメラのそばに何人かが集まっている。

「――おい、早くしろよ」

と、腕組みして、偉そうにしているのがディレクターか。

「準備ＯＫです！」

と、ロビーの奥の方から声がした。

「よし、じゃテスト、行くぞ」

エリカは、ちょっと首をかしげた。

吸血鬼の血をひくエリカは、父ほどではないが、人間より遥《はる》かに聴力がある。今のディレクターの言葉の微妙なニュアンスが聞き取れるのだ。

今のディレクターの言い方、投げやりで全くやる気が感じられなかった。

エリカは目の前のＡＤらしい若い男に、

「あの人、誰？」

と訊《き》いた。

「ディレクターですか？　水口要一《みずぐちよういち》さんです。ＴＶドラマとか、よく演出してますよ」

「へえ。でも、あんまり気がのらないみたいね……」

と、エリカが言うと、若いＡＤはちょっとびっくりしたように、

「どうしてそんなこと……」

と言いかけたが、

「はい、スタート！」

という声が響いて、口をつぐんでしまった。

ロビーの奥の角を曲がって、華やかな和服の女性が現れた。シャンと背筋の伸びた、立ち姿も美しい女性である。

「あ、山崎智恵《やまざきちえ》ね」

と、エリカが呟いた。

確か、そろそろ四十歳になるベテランだが、和服姿も身に合って、歩き方もいかにも着物を着慣れている感じだ。

ところが、ロビーを歩いて来た女優が、まだ半分も来ないうちに、

「だめだ！」

と、ディレクターの水口要一が声を上げたのである。

山崎智恵が足を止めて、

「何かいけませんでしたか?」

と訊いた。

「ああ、だめだ。これは高級宝石店のCMなんだぞ。こう、気品がにじみ出るようでないといけないんだ」

と、水口は首を振って、

「もう一度!」

山崎智恵は角の向こうへ戻り、もう一度「スタート」の声がかかった。

ベテラン女優の風格を漂わせて、山崎智恵が現れる。しかし、

「だめだ、だめだ!」

と、再び水口が大きく手を振った。

「監督、どこがいけないんですか?」

と、山崎智恵は訊いた。

「何もかもだ！　――やっぱり無理だな。どうしても〈猫〉になっちまう。〈化け猫〉女優に気品を求めてもむだだ」

その言葉に、山崎智恵はサッと青ざめた。しかし、何とか冷静さを保って、

「では、監督。私ではだめなんですね。そういうことなら、他の方を当たって下さい」

と言った。

「そうか。じゃ、自分から降りると言うんだな？　分かった。間違えるなよ。俺が降ろしたわけじゃない。君が自分から降りたんだ」

「それで結構です」

と、女優は一礼して、

「それでは失礼します」

と、逃げるように行ってしまう。

「やれやれ」

水口はわざとらしく、大きな声で、

「わがままなスターは困るな。サッサと辞《や》めて帰っちまった。——おい、スポンサーに連絡しろ。出演予定だった山崎智恵は勝手に帰ってしまった、ってな」

スタッフの間に戸惑《とまど》いがあった。

「でも、監督。これから代わりを探すんですか?」

と、スタッフの一人が訊いた。

「うん。俺に心当たりがある」

と、水口は言った。

「今日は引きあげるぞ!」

エリカのそばにいたＡＤが、

「ひどいなあ……」

と、呟くように言った。

「初めから、使う気がなかったですね」

エリカの言葉に、

「そうなんですよ」

と、ADは肯《うなず》いて、

「代わりって、浜《はま》ゆかりなんです。みんな分かってるんだ」

「浜ゆかり？」

「ええ。水口さんの彼女なんです。だから、わざと……」

「ひどいことしますね」

「全く……。山崎さん、可哀そうです」

エリカにもぼんやりと記憶がある。たぶん七年くらい前、TVシリーズで〈恐怖ドラマ〉が人気を呼び、その中で、〈化け猫〉のドラマが話題になった。

その主役の〈化け猫〉を演じたのが山崎智恵だったのである。人気があって、〈化け猫〉シリーズは五本くらい放映されただろうか。

「別に、好きで〈化け猫〉やったわけじゃないでしょうしね」

と、エリカが言うと、ＡＤは力強く、

「そうなんですよ！」

と肯いて、

「あのころ、山崎さんのいた事務所が経営苦しくて、それを救うために、山崎さん、あの〈化け猫〉に出たんです」

美人女優がどぎついメークをして、〈化け猫〉を演じたのが話題になったのだが、同時に山崎智恵には〈化け猫〉のイメージがつきまとうことになったのである。

「――どうもすみません」

と、ＡＤは会釈《えしやく》して、他のスタッフの方へ駆けて行った。

そこへ、

「どうした」

クロロックがやって来ていた。

「お父さん。パーティは？」

「人づかれして、抜けて来た」

と、クロロックは言った。

「何かの撮影か?」

エリカは今の事情を父に話してやった。

「そうか。まあ、よくある話だ」

と、クロロックは肯いた。

「山崎智恵か。――そういえば、最近あまり見ないな」

「きれいだよ。上品だし。可哀そうだった」

と、エリカは言って、伸びをすると、

「さて、今度はデザート、食べよう。お父さんは?」

「うむ、もう少しこの辺にいる。食べて来い」

「分かった。――何から食べるかな。迷っちゃう!」

と言いながら、エリカはパーティ会場の方へ戻って行った……。

✠ 忍び寄る影

「あんたは馬鹿ね」

と、鏡の中を覗《のぞ》き込んで、自分に向かって言う。

「こうなることぐらい、分かってたじゃないの。いちいち落ち込んでどうするの」

そう分かってはいても……。

山崎智恵《やまざきちえ》は、化粧室の洗面台で、鏡の中の自分を見つめていた。

「悪くないわよね、そんなに」

と、自分に向かって呟《つぶや》く。

「四十二にしちゃ、肌だって荒れてないし、髪も白くなってないし……。こんな美人を放っておく手はないぞ」

　わざと少しおどけてみて、

「これでギャラだけでももらえればいいじゃないの。何もしないでお金になる！　最高だわ！」

　でも、女優山崎智恵は何かしたいのだ。何もしないでギャラなんか欲しくない。とはいえ、生活して行かなくてはならない。もちろんくれるギャラを断りはしない。

「ああ……。泣いたりしたら、お化粧が……」

　ハンカチで涙を拭《ぬぐ》うと、背筋を伸ばし、軽く息をつく。そして化粧室を出ると――。

　ロビーのソファに、ふしぎなスタイルの男性が座っていた。そう、まるで映画に出てくる吸血鬼みたいなマントをまとっている。

　見た目も、外国の人らしく、紳士の雰囲気があって、風格を感じさせる。

するとそこへ、

「山崎さん」

と、小走りにやって来たのは、撮影のＡＤだった。

「はい、何か?」

「あの——プロデューサーからの伝言で、今回のギャラは来週払うようにするから、ってことです」

「そう……」

と、智恵は肯《うなず》いて、

「でも——何もしてないのに」

「いいんですよ、そんなこと」

と、ＡＤが言った。

「水口《みずぐち》さんが勝手なんです。本当に——ひどいですよ」

智恵はちょっとびっくりして、

「ありがとう。——あなた、お名前は？」

「あ……。あの、芝田《しばた》です。芝田務《つとむ》といいます。すみません、変なこと言って」

「いいえ、嬉《うれ》しかったわ」

「そうですか。じゃあ……」

照れた様子で、芝田というADは、足早に行ってしまった。

見送る智恵の口もとに、ふっと笑みが浮かんだ。

すると、

「——分かる人間には分かるのだ」

と、マントを身にまとった紳士が言った。

「え？」

「失望しないことです。人生にはいくつも理不尽《りふじん》なことがある」

「ええ、確かに……。あなたはどちら様？」

と、智恵は訊《き》いた。

一方、パーティ会場で、

「うーん……。あのパフェもおいしそうだけど、こっちのゼリーも捨てがたい……」

と、ハムレットの如《ごと》く悩んでいたエリカは、いつの間にかクロロックが山崎智恵とコーヒーを飲んでいるのを見てびっくりした。

「お父さん」

「おお、エリカか。こちらは女優の山崎智恵さんだ」

「どうも」

「お父様に誘われて、勝手に入って来てしまいましたわ」

「美しい女性であることは、どこへでも入れるパスポートだ」

と、クロロックは言った。

智恵は声を上げて笑った。その明るい笑い声は、さすがにスターだった。

「クロロックさん」

と、ダブルのスーツの男性がやって来て、

「先ほどご挨拶《あいさつ》した〈S商事〉の佐川《さがわ》です」

「やあ、どうも」

「失礼だが――こちらの方は山崎智恵さんですかな？」

「さよう。ちょっとした知り合いでしてな」

「いや、お会いできて嬉しい！　私は大ファンでして」

「まあ、どうも……」

と、智恵は会釈《えしやく》した。

「いや、やはりお美しい！　ことに和服姿は惚《ほ》れ惚《ぼ》れしますな！」

と、ため息をついて、

「いかがでしょう？　我が社のイメージＣＭに出演していただけませんか。決してあなたのイメージを傷つけるようなことはいたしません！」

「まあ、それは……。事務所の者からご連絡させますわ」

と、智恵は名刺をもらって言った。

エリカとクロロックは、ちょっと顔を見合わせて肯き合った……。

「本当にいいの？」

と、絹のガウンをはおって、浜《はま》ゆかりは言った。

「ああ、もちろんだ」

監督の水口要一《よういち》は、上着を着て、姿見の前に立つと、

「さて……。帰るよ」

「ええ。また来てね」

浜ゆかりは水口に軽くキスして、

「じゃ、そのCM撮りは……」

「二、三日の間に。なに、君は一時間もあればいい」

「分かったわ。うちの事務所の社長に言ってね」

「ああ、今夜電話しとくよ」

浜ゆかりのマンションである。水口を玄関で見送って、

「山崎さん、怒ってなかった?」

と、ゆかりは訊いた。

「放っときゃいいさ」

と、水口は肩をすくめてみせ、エレベーターへと向かった。

「──またね」

聞こえはしないのだが、ゆかりはそう呟くように言った。

「ああ……。眠い」

居間のソファに身を沈めて、ゆかりはワイングラスに残っていた白ワインを飲み干した。水口のお気に入りのワインだ。

「本当においしいわね!」

と、ゆかりも、いつも水口の前では言っている。

しかし、正直に言うと、この何万円もするワイン、二、三千円のワインとどこが

違うのか、ゆかりにはさっぱり分からないのだ。

でも——まあ、「高級志向」の水口が旨《うま》いと言うのだから。

浜ゆかりは三十四歳。——女優としては、難しいところにいた。

そう若い役はできないが、といって母親役というわけにもいかない。——水口と関係ができたとき、「これでこの時期を乗り切れるかも」と思った。

確かに、水口のおかげでTVドラマの脇役《わきやく》や、映画のヒロインの妹役などが回って来るようになった。その点、ありがたいとは思っている。

ただ、今度のCMの件は、いささか強引だったのではないかと気にしていた。別にゆかりが頼んだわけではなく、水口の方が勝手にやってしまったのだ。

ゆかりは、水口が、ゆかりと結婚できないことの埋め合わせにCMの仕事を回して来たのだろうと察していた。水口には病気の妻がいて、離婚するわけにいかないと言われていた。

それはゆかりも分かっていたのだが……。

「山崎さん……」

ごめんなさい、と心の中で手を合わせる。

山崎智恵は、いわば大先輩で、しかもかつては本物の「スター」だった。

あの〈化け猫〉のことがなければ、今だってゆかりなど比べものにならないスターだったろう。

その山崎智恵の仕事を奪ってしまったわけで、ゆかりとしては、あまりいい気持ちはしない。水口は気にするなと言ってくれるが、これから、何かの仕事で山崎智恵と一緒になることだって、ないとは言えない。

そのときは気まずい空気になるのは避けられない……。

「くよくよしててもしょうがないわ……」

と呟いて、立ち上がる。

「もう一度お風呂に入ろうっと……」

ザッとシャワーは浴びたが、ちゃんとバスタブにお湯を張って浸《つ》かりたい。

ゆかりは、バスルームへ行って、バスタブにお湯を入れた。

使ったグラスなどを洗っている間にお湯が入り、ガウンを脱ぐと――。

「あら……」

ケータイが鳴った。――知らない番号だ。

「――もしもし？」

と出てみると、少し荒い息づかいが聞こえた。

「盗んだわね……」

と、かすれた女の声。

「え？　どなた？」

「水口道子《みちこ》よ。水口の妻」

ゆかりは一瞬絶句した。向こうは苦しげな声で、

「知らないと思ってたの？　初めっから承知してたわよ……」

「奥様、申し訳ありません。でも私はご主人を奪うつもりは――」

「赦《ゆる》さないわよ！」

と、声を震わせて、

「主人も、あんたも。──私に死んでほしいんでしょう」

「そんなこと──」

「死んでやるもんですか！」

と、叫ぶように、

「どうしても主人を欲しいのなら、私を殺しなさい！」

「奥様、そんなこと、考えてもいません、私」

と、ゆかりは言ったが、電話は切れてしまった。

「──いやだわ」

相手は病人だし、何も心配することはないだろうが、それでも人に憎まれているというのは心持ちのいいものではない。

「気にしててもしょうがないわ……」

と、自分へ言い聞かせるように言って、風呂に入ったのだが……。

熱めのお湯にゆっくり浸《つ》かると、ゆかりはやっといやなことを忘れることができた。

「ああ……。いいお湯だわ……」

と、顎《あご》までお湯に沈めて目を閉じる。

すると、そのとき、

「ニャーオ」

と、猫の鳴き声がして、びっくりした。

もちろん、ゆかりは犬も猫も飼っていない。でも――今の鳴き声は、ごく近くだった。

部屋の中？　どこかから野良猫が入ってきたのだろうか。

気になったので、ゆかりはバスタブから出ると、バスローブをはおって、バスルームから出た。

「どこなの？　——出てらっしゃい」

と呼びかけてみたが、もちろん返事はない。

居間の中を、ゆかりはキョロキョロと見回しながら……。

✠ 猫の仲間たち

「いいわねえ、学生さんは呑気《のんき》で」

と、朝食をとりながら、クロロックの妻、涼子《りょうこ》が言った。

「だって、休講があって、十一時までに行けばいいから」

と、エリカは言った。

「私は社長だからな。遅れていっても遅刻にならん」

クロロックも、午前十時になろうというのに、今ごろトーストの朝食。

「そりゃあ、あなたはいいのよ。社長なんですもの！　でも、エリカさんは学生なんだから……」

何かにつけて、エリカを邪魔者扱いしている後妻の涼子である。

エリカから見れば、涼子の方がよっぽど呑気にしている。

「——あら、誰かしら」

玄関のチャイムが鳴ったのである。立って行くのはクロロックの役目。

「どなたかな?」

と、玄関のドア越しに訊《き》く。

「申し訳ありません」

と、若い男の声。

ドアを開けると、ちょうど奥からエリカが顔を出して、

「あ、ADさんだ」

「はあ、昨日CM撮影のときに……」

「そうだったな。芝田《しばた》君といったか」

「憶えていて下さいましたか」

「山崎智恵《やまざきちえ》さんに同情してくれていたな」

と、クロロックは肯《うなず》いて、

「しかし、何の用だね？」

「それが……山崎さんがまた〈化け猫〉扱いされそうなんです！」

ＡＤの芝田は深々と頭を下げ、

「山崎さんを助けて下さい！」

と言ったのである。

「よく私のことが分かったな」

芝田を居間へ入れて、クロロックが言った。

「あのホテルの人に『吸血鬼みたいな格好の人』を知らないかと訊いて」

「なるほど」

確かに、相当に目立つスタイルであることは間違いない。

「でも——浜《はま》ゆかりって人が殺された？」

エリカは話を聞いてびっくりした。

「そうなんです。今朝からＴＶで大騒ぎしています」

と、芝田は言った。

ゆうべ、浜ゆかりは自宅マンションで水口監督と過ごした。そして、水口が帰った後——。

「今朝、仕事があって、マネージャーが迎えに行くと、部屋で、喉《のど》をかみ裂かれた浜ゆかりが……」

「かまれた？」

「診《み》た医者が、『動物にかみ切られたような傷だ』と言ったんです。それがＴＶのワイドショーで取り上げられ、面白おかしく……」

「なるほど、しかし、山崎智恵が疑われているわけではあるまい？」

「はあ。——しかし、『〈化け猫〉女優の仕返しか？』などとタイトルを付けて……」

「困ったものだな」

と、クロロックも苦笑している。

「せっかく忘れられそうだったのに……」

と、芝田は本気で心配しているようだ。

「分かった。何か力になれるかな?」

と、クロロックは言った。

ＴＶ局のスタジオの隅に、山崎智恵が不安そうな様子で立っていた。

「山崎さん」

と、芝田が声をかけて、

「お連れしましたよ」

「まあ……。クロロックさん!」

と、智恵はパッと明るい表情になって、

「来て下さったんですね」

「何かお力になれればと思いましてな」

「ひどいことになって……。浜さんが殺されたからって、どうして私を引っ張り出すんでしょう?」

「あのCMのことを知ってて?」

と、エリカが訊く。

「そうらしいです。どこかから耳に入ったんでしょうね」

そのとき、スタジオ内がざわついた。

昼のワイドショーで、生放送なので、人々があわただしく動き回っていた。

「――まあ、水口《みずぐち》さんだわ」

と、智恵が目を見開いた。

水口監督がスタジオへ入って来て、スタッフと話をしている。

「――ところで」

と、クロロックが言った。

「〈S商事〉のCMの件ですがな」

「あ……」

「社長の佐川《さがわ》から電話があって、こんなことは気にしない。予定通りお願いすると
のことでした」

「本当ですか！　良かった！」

智恵は胸に手を当てて、

「てっきり断られるかと思った！」

「世の中には、つまらぬ噂《うわさ》など気にしない、良識を持った人間がいるのです」

と、クロロックは言った。

「そうですね。——安心しました」

と、智恵は微笑んだ。

「それでいい。自分のして来たことに自信を持ちなさい。そうすれば、誰もそこに

つけ込むことはできない」

クロロックの言葉を、智恵はじっと聞いていた……。

「――山崎さん、お願いします」

と、ADが呼んだ。

「いや、〈化け猫〉などというものは、単なる作り話に過ぎない」

と、水口が言った。

「すると、今回、浜ゆかりさんが殺されたのは、〈猫の呪い〉ではない、とおっしゃるんですね？」

ワイドショーの司会者の男性が真顔で訊いた。

「当たり前だよね」

スタジオの隅で、その光景を見ていたエリカが呟《つぶや》いた。

「何を馬鹿なこと訊いてるんだろ」

「仕事なのだ」

と、クロロックは首を振って、

「訊いている当人も馬鹿らしいと思っとる」

水口と並んで座っている山崎智恵は少しも動揺している風ではなかった。

水口は〈化け猫〉を作り話と言いながら、CMの収録で、智恵を降ろして浜ゆかりに替えることにした話をして、

「山崎君には申し訳ないことをしたが、これは僕の美意識の問題だからね」

と、平然と言った。

「では山崎さん」

と、司会の男性が言った。

「今回の交替で、浜ゆかりさんにいい感情は持っておられなかったでしょうね」

「役を降ろされたり、他の人に替えられたりすることは、この仕事をしていれば年中ですわ」

と、智恵は淡々と、

「もう二十年も役者をしているんです。いちいち人を恨んではいられません」

「そうですか。では、浜ゆかりさんが殺されたことを知ったとき、どう思われましたか?」

「気の毒に、と思いました。まだお若かったのに」

いやなことをわざと訊いているのだとエリカにも分かった。智恵を怒らせて、〈化け猫〉騒ぎの話題にしたいのだ。

しかし、智恵は話に乗って来なかった。

スタッフの間に、何か物足りないと言いたげな様子が見られた。

すると、ADの一人が、司会者にメモを手渡した。

「ええと……これは、意外なゲストが登場ですね!」

司会者はわざとらしく驚いて見せると、

「では、もう一人のゲストにご登場いただきましょう!」

司会者の隣に置かれた椅子にライトが当たった。——そこに座っていたのは、何と黒い猫だった！

「今、ＣＭなどで話題の黒猫メアリーです！」

と、司会者が大げさに紹介すると、ちゃんと仕込まれているのだろう、メアリーという猫、高らかに、

「ニャーオ！」

と、声を上げたのである。

見ていたクロロックもさすがに目を丸くして、

「何だ、あれは？」

エリカも、いったい番組スタッフが何を考えているのか分からなかった。

「この黒猫メアリーちゃんは、果たして今度の事件をどう思っているのでしょうか？」

と、大真面目《おおまじめ》に、猫へマイクを向けた。

するとーーメアリーは、椅子から床へストンと降り立って、スタスタと歩き出し、智恵の足下まで行って止まったのである。

「これは面白い！　メアリーちゃんが、かつて〈化け猫〉を演じた山崎智恵さんの所へ行きました。何かひかれるものがあったのでしょうか」

と、司会者が一人で騒いでいる。

メアリーはフワリと宙を飛んで、智恵の膝《ひざ》の上に乗った。

「まあ、可愛い」

智恵が撫《な》でてやると、メアリーは心地良さそうにゴロゴロと喉を鳴らした。

このメアリーの反応は、スタッフとしては当て外れだったようで、

「ええ……メアリーちゃんは気持良さそうです」

と、拍子抜けの様子。

「何をやらせたかったのかしら？」

と、エリカが首をかしげる。

「大方、山崎智恵が猫を見て怯《おび》える、といったことを期待していたのだろう。殺人犯でもないのにな」

ところが、メアリーが智恵の膝でハッと顔を上げると、隣席の水口の方へ、「シャーッ」脅《おど》すような声を上げ、毛を逆立てて身構えたのである。

「おや、メアリーちゃん、水口監督がお嫌いのようですね」

と、司会者が言うと、

「監督は誰からも嫌われるものだ」

と、水口は笑って言った。

すると、メアリーが今度は天井の方へ向いて、

「ニャーオ……」

と、まるで狼の遠吠えのような声を上げ始めたのだ。

「どうしたんでしょう？　メアリーちゃん、どうかしましたか？」

メアリーは鳴き続ける。

メアリーを連れてきた動物プロダクションの女性が、カメラに写らない所で、何とかなだめようとしていた。

「——あれは？」

と、司会者が言った。「猫の声のようですが……」

スタジオの外で、猫の声がした。それも一匹、二匹ではなく、どんどん増えてくる。

「エリカ、扉を開けてやれ」

と、クロロックは言った。

エリカが人の間をすり抜けて、スタジオの扉を開けた。

すると、どこから来たのか、十匹近い種々雑多な猫が一斉にスタジオへ走り込んで来たのである。

「おい、どうなってる！」

と、司会者も焦《あせ》りまくっているし、他の出演者たちも面食らっている。

猫たちは、水口の足下へと駆けつけ、水口に向かって激しく鳴き始めたのである。

「おい！　どうにかしろ！」

水口が苛立《いらだ》っている。

「これは——予想外の出来事、ハプニングです！」

と、司会者も困り果てていた。

「俺は帰る！」

水口は立ち上がると、椅子をけり倒し、猫たちの間を通り抜けようとした。

しかし、猫たちは水口の周りにまとわりついて離れないのだ。

「どけ！　あっちへ行け！」

と、水口が猫をけとばした。

「やめて！」

と、智恵が叫んだ。

「そんな乱暴な——」

「たかが野良猫だ！」

と、怒鳴った水口は、

「アッ！」

と叫び声を上げた。

猫の一匹が水口の足首にかみついたのだ。

「何をする！　こいつ！」

水口がよろけて膝をつくと、数匹の猫が水口の顔めがけて飛びかかった。

「痛い！　やめろ！」

鋭い爪が水口の頬に傷をつける。

「待て」

静かな声がすると、猫たちがピタリと動きを止めた。

「――なんだ、お前は？」

傷から血を流しながら、水口が見上げたのはクロロックだった。

「猫たちは、あんたへの怒りをぶつけておるのだ」

と、クロロックは言った。

「猫の怒りだと？」

「猫の罪にしようとしたからだな。あんたがしたことを」

「――何を言ってる！」

「浜ゆかりを殺したのはあんただな」

「馬鹿を言うな！」

と、水口が声を荒げた。

「どうして俺が……」

「別れどきだと思っていたのだろう。しかし、切り出すのが怖かった。――あんたは、浜ゆかりが怒ってスキャンダルになるのを恐れていた」

「あいつは……」

「ゆかりさんは、そんな人じゃないわ」

と、智恵は言った。

「私に申し訳ないってメールまでくれていたのよ」

「そうだろう。しかし、あんたには病気の奥さんがいて、浜ゆかりとのことに気付いていた」

クロロックはそう言うと、

「あんたはプライドの高い男だ。別れ話をすぐ承知されることが許せなかった。言い出すよりも、いっそ彼女を殺そうとした」

「そんなことが……」

「今なら、山崎さんがやったことにできる、と思った。——猫がかみ殺したと見せようとしたのが、手掛かりを残したな。いくら洗っても、その手に血の匂《にお》いが残っているぞ。だからこうして猫たちが集まって来たのだ」

そこへ、ＡＤが、

「あの——警察の人が。水口さんにご用だそうです」

と言った。

「俺は——天下の水口だぞ！」

と、よろけつつ立ち上がって、

「女の一人ぐらいがどうだというんだ！」

刑事たちが来て、水口を連行して行った。

「——分かりませんわ」

と、智恵が首を振って、

「人の命より、プライドが大事？」

「そういう人間もいるのですな」

と、クロロックは言って、

「しかし、あなたはやはり〈猫〉のお仲間でしょうか」

「はあ？」

「ここに猫を呼んだのは、あなただと思うが、どうですかな？」

「さあ……」

智恵がちょっと目をそらして、

「忘れましたわ、昔のことは」

と言った。

集まった猫たちが一斉に、

「ニャー！」

と、声を上げた。

明日はわが身と吸血鬼

✠ 追い立てられて

「疲れるね」

「うむ……。疲れる」

初めのセリフは神代《かみしろ》エリカ。

二番目のセリフは、父親のフォン・クロロック。

親子とはいえ、ヨーロッパ中世から数百年の歳月を生きて来た「本家本元の」吸血族、フォン・クロロックと、その娘で、日本人女性との間に生まれたハーフのエリカ、まだ二十一歳のN大生。この二人が、全く意見の一致を見るというのは珍しいことだった。

しかし、おそらくそのパーティ会場に居合わせた客の九九パーセントは同意見だったろう。

ただそうはっきりと口には出せなかっただけで……。

吸血鬼ながら、人間社会に溶け込んで生活しているクロロック、〈クロロック商会〉なる会社の雇われ社長をつとめている。そして今夜は同業者のパーティで、ホテルの広い宴会場には、三百人からの人間が集まっていた。

エリカは父について何となく「ご飯食べられる」というだけでやって来た。いつもそうお腹を空かしているわけではないのだが、クロロックが、

「会費が高い！」

と、文句を言っていたので、少しでも「元を取ろう」としたのである。

しかし——会場を包んでいるどんよりした空気は、今、壇上でマイクの前に立ちスピーチをしている女性のせいだった。

中根《なかね》ユリ。——三十五、六か。みんな年齢はよく知らないが、顔は知っていた。

七、八年前まで、「アイドルになりそこねたタレント」として、TVのバラエティ番組などにチラッと顔を出していたのが中根ユリだった。ところが——TVから姿を消したと思っていたら、三年前、突然国会議員に当選したのだ。

時の首相のお気に入りになって、今や飛ぶ鳥を落とす勢い。

今日もパーティにゲストとして呼ばれていたのだが……。

一時間も遅れて来ただけでなく、マイクの前に立ったら、自分の業績の宣伝を延々としゃべり続けている。

誰もが「疲れる!」と思っていることは、会場の雰囲気で明らかだったが、当の「議員先生」は全く気付かない様子で、しゃべりまくっていた。

その内、秘書らしい男性が、そっと声をかけ、話を中断すると、

「まあ、残念だわ。皆さん、申し訳ありませんけど、次の予定がありまして。——何しろ、S国の王女様が、ぜひ中根ユリに会いたいとおっしゃっておいでですの。ホホ……」

居合わせた誰もが背中に冷たいものが走っただろう。

しかし、「やっとこれで終わりか！」とホッとしていたことも事実である。

「それじゃ皆さん。これからNホテルで王女様とお会いするので、失礼します」

どこか聞いたことのない国の王女と会うという話を三回もくり返してから会場を出ようとした中根ユリだったが——。

「待て！」

と、男の声が響いた。

「ユリ！　お前って奴は——」

クロロックとエリカは、会場の入り口近くに立っていたので、男が一人、中根ユリに向かって駆け寄ろうとするのを見ていた。

背広は着ているものの、ネクタイはなく、ワイシャツのボタンが飛んで外れている、どこか見すぼらしい感じの男だった。

しかし、男はユリについていた男たちに遮《さえぎ》られ、アッサリ押さえ付けられてしまった。

「何よ、あなたなの」

と、ユリは嘲《あざけ》るように笑うと、

「いいわ。どこか表に放り出してちょうだい」

「警察へ突き出しますか」

と、秘書が訊《き》くと、

「それも面倒だわ。叩き出して。少し痛い目にあわせていいから」

「ユリ……。恩知らずめ！」

と、男は叫んだが、屈強な男二人に引きずられて行った。

「さ、次のパーティ」

中根ユリは平然と会場を後にした。

「離せ！　こいつ！」

と、ホテルの裏手に引っ張り出された男は、暴れようとするが、とても力ではかなわなかった。

ともかく中根ユリについて来た男たちは、秘書というより「用心棒」と呼ぶのがぴったりで、元はヤクザかと思うような二人である。

「腕の一本もへし折ってやらなきゃ分からねえようだな」

と、ニヤニヤしながらポキポキと指を鳴らす。

「何をするんだ……。乱暴はよせ」

「自分のせいだぜ」

と言うと、

「それはお前らのことだな」

「何だと？」

振り向くと——立っていたのは、クロロック。

「国会議員ともあろうものが、子分に暴力団を雇っておくのか」

「何だと、こいつ！」

と、殴《なぐ》りかかったが――。

アッという間に数メートルも投げ飛ばされ、もう一人はナイフを取り出したが、その刃はグニャッと曲がってしまった。

「え？」

「ゴム製のオモチャと間違えて持ってきたのか？」

クロロックは相手の胸を一突きした。

「ワッ！」

男は五、六回も地上を転がって、電柱にぶつかってのびてしまった。

クロロックは、ポカンとして座っている男に歩み寄ると、

「しっかりしなさい、泡口《あわぐち》さん」

と、その手を引っ張って立たせた。

「あなたは……」

「〈クロロック商会〉のフォン・クロロックです」

「ああ！　そうでした！」

と、男は言って、

「いや……こんなみっともないざまをお見せして……」

「いやいや、人間、一生の間には山もあれば谷もあります」

クロロックの言葉に、泡口という男、すすり泣きを始めてしまった……。

「ああ……。こんな所で食事をするのは久しぶりだ……」

泡口は、クロロックたちと一緒に、ホテルのラウンジでサンドイッチを夢中で食べていた。

「あんたが〈N工機〉の社長を辞《や》めたという話は聞きましたが、あの中根ユリとはどう係わりがあるのかな？」

と、クロロックは言った。

「中根ユリは、さっぱり売れなかったころ、私が面倒を見ていたのです」

と、泡口はコーヒーを飲み干して、

「旨《うま》い！　もう一杯いただいても……」

と、おかわりをもらって、

「まあ、いわゆる愛人だったのです。ユリとしては、私がTV局へ話をして、仕事を取ってくれると期待していたらしい。しかし、正直なところ、ユリは歌が上手いわけでもないし、芝居ができるわけでもない。私としても、どうにもできなかったのです。ところが——」

と、泡口は首を振って、

「ある日、ユリはプイッといなくなってしまった。しかも、私の名前で百万円近くもデパートで服やら靴やらを買い込んで、姿を消したのです。腹が立ったが、あんな女に怒ってみたところで仕方ないと忘れかけていました。ところが、そのユリがある日突然、選挙に立候補して、当選してしまった。唖然としましたよ。だが、それだけではすまなかった。ユリは私が昔の関係をしゃべると心配したのでしょう。知らない内に、社の専務を子分同様にして、社の裏金疑惑を私の責任ということにして、私を追い出してしまったのです」

「なるほど、それでこんなことになったのですな」

と、クロロックは肯《うなず》いた。

「全く……。ユリは今や首相のペット同様。誰もがユリを『先生、先生』と持ち上げる。――しかも、私の財産も土地も会社に損害を与えたっていうので取り上げられてしまった。家内も私を見捨てて、さっさと離婚してしまったのです」

ユリを愛人にしていたのだから当然だろう。

「では、今は……」

「ご覧の通りのホームレス生活です。会社であれこれ目をかけてやった奴も、見向きもしてくれん」

泡口はため息をついて、

「いや、グチばかりで申し訳ない。クロロックさんが親切にしてくれたこと、決して忘れません」

「別に私はあんな議員にペコペコする理由はありませんからな。何か困ったことがあったら、いつでも言って来て下さい」

「ありがとうございます！」

と、泡口は涙を拭《ぬぐ》って、

「では、これで失礼します。ごちそうになって申し訳ない」

「いやいや」

クロロックは立ちかけた泡口へ、

「よろしいか。家や金を失うことは恥ではない。本当に不幸なのは、己《おのれ》を信じる心を失うことだ。くれぐれも、それを忘れずに……」

泡口は黙って一礼すると、急ぎ足で立ち去った。

「お父さん……」

「うむ。どうも心配だな。ああも弱ってしまうと、その心に悪魔がつけ込んで来るものだ」

と、クロロックは難しい表情になって言った……。

✤ 仲間

「まあ、クロロックさん？　外国の方なの？」

と、のぞみは言った。

「ああ。ふしぎな人でね。まるで映画に出てくる吸血鬼ドラキュラみたいな格好をしているんだ。マントを身につけてね」

と、泡口《あわぐち》は言った。

「まあ、面白い」

「しかし、これが実にいい人なんだ。ユリなんかにへつらったりしない。私を助けた上に、食事まで……」

「世の中にはいい人もいるのね」

「そうなんだ。私もね、久しぶりに心が温まった……」

「あ、これ、日本茶よ」

「ありがとう」

と、泡口は肯《うなず》いて、

「今夜は寒くなりそうだな」

「そうね。これからは辛《つら》いわ」

――泡口は、公園の隅に作られたビニールハウスの中で、同じホームレスののぞみと話していた。

「――すまない」

少しして、泡口は言った。

「え？」

「いや、サンドイッチでも包んでもらって、あんたに持って来るんだった。考えつかなかったよ。ごめん」

「いやだわ」

と、のぞみは笑って、

「そんなこと、当たり前じゃないの。誰かにあげようと思ったら、きりがないわ」

「そう言われると、ますます気が咎《とが》めるよ」

――のぞみは四十五歳。

郡山《こおりやま》のぞみは、ごく平凡な主婦だった。

サラリーマンの夫、高校生の息子と三人の生活は、特に変わったこともなかった。

――二年前のある日までは。

高校生の息子が突然逮捕された。いつの間にか、不良仲間に誘われ、年寄りを脅《おど》して金を奪ったのだ。

しかも、そのとき、年寄りを突き倒したら打ち所が悪く死んでしまった。

のぞみは、もともと折り合いの悪かった夫の両親から、

「あんたの育て方が悪いからだ」

と責められ、夫も全くかばってくれなかった。

半ば無理やりに離婚届に判を押させられ、家を追い出された。実家はもう帰れる状況でなく、その日から、のぞみは公園に寝泊まりする身になった……。


背中の痛みで、泡口は目を覚ました。

「もう昼か……」

外は明るい。——のぞみの姿はなかった。出かけているのだろう。

泡口は、のぞみを見ていると胸が痛くなる。ひどい目にあって、自分の運命を呪ってもいいのに、いつも穏やかで、今の状況を諦《あきら》めて受けいれている。

「あんなにいい女性なのに……」

自分が元の社長だったら、喜んでのぞみを雇うだろう。

「さて……少し動くか」

手足を伸ばさないと、これから冬になるので、節々が痛くなる。

ビニールハウスを出ると、泡口はびっくりした。

のぞみが、公園の道をフラフラとよろけながらやって来るのだ。

いつものののぞみではない。青ざめ、呆然として、見開いた目は泡口にも気付いていなかった。

「おい！　のぞみ、どうした？」

と、大声で呼ぶと、のぞみはハッと息をのんで、一瞬立ち尽くした。

それから、のぞみは地面にうずくまって、ワーッと声を上げて泣き出したのだ。

泡口は急いでのぞみを抱きかかえるようにして、ビニールハウスの中へ入れた。

公園へ来る普通の人たちが、のぞみを見て、「おかしい女がいる」とでも訴えると、ここのホームレス全員が、公園から追い出されかねない。

「――大丈夫か。どうしたんだ？」

と、なだめると、のぞみはティッシュペーパー（公園のトイレから取って来たも

のだ）で涙を拭《ぬぐ》って、

「ごめんなさい……」

と、とぎれとぎれに、

「あんまりショックで……」

「どうしたんだ？」

「息子に会ったの」

「息子？　――捕まってるんじゃないのか」

「雄一《ゆういち》もびっくりしてた。雄一って、息子の名前よ」

「どういうことだ？」

「あの子は――雄一は、主人の郡山から、私が実家でのんびり暮らしてる、って聞いてたんですって。私のこんな姿を見て、青くなってたわ」

と、のぞみは言って、

「一口、水を飲ませて……。ありがとう」

「大丈夫か?」

「あの子は、もともと事件と何の係わりもなかったの。というか、事件のあったときは、学校の先生と会っていたの」

「じゃ、どうして……」

「それが……先生が証言すれば、疑いが晴れることとは、分かっていたのに、主人はわざとその話をするのを遅らせて、私を家から追い出したのよ」

「何だって?」

「山口《やまぐち》アケミ。——私も会ったことがあるわ。主人の元の部下で、今、二十七、八の可愛い子よ」

「つまり、あんたの旦那は……」

「ええ、私と別れて、彼女と再婚したかったんだわ。そこへ雄一が疑われる事件が起こった。主人は母親と一緒になって、私を離縁したのよ。そして、今は山口アケミと再婚して楽しくやってるんですって」

「そいつはひどいな……」

泡口だって、人のことを言えた立場ではないが、それにしても、のぞみのような女性を騙《だま》して追い出すとは……。

「私……私が一体何をしたっていうの？　どうしてこんな目にあわなきゃならないの？」

のぞみは声を押し殺して泣いた。

泡口の胸に激しい怒りが湧き上がって来た。中根《なかね》ユリといい、こののぞみの元の亭主といい、あまりにひど過ぎる！

──しばらくして、のぞみはやっと泣きやむと、

「ごめんなさい。あなたに関係のないことなのにね……」

と、ティッシュではなをかんだ。

泡口は、少し間を置いて、

「そんなことはない」

と言った。

のぞみが戸惑《とまど》ったように、

「え？」

と、泡口を見る。

「そんなことはない」

と、泡口はくり返して、

「ひどい目にあわされた者同士だ。私とあんたは同じ仲間だ」

「ありがとう、泡口さん」

と、のぞみは少し涙ぐんで、

「そう言ってもらえるだけで、嬉しいわ」

「言うだけじゃない」

「――どういうこと？」

「あんただって、悔しいだろ？　このままじゃ、ひどい亭主は若い女房と幸せになり、あんたは、たぶんこんな生活では長生きできない。こんなことがあっていいわけがない。そうじゃないか?」

「ええ、そりゃあ悔しいわ。若い女に惚《ほ》れたのなら、そう言って、別れてくれと言ってくれたら……。私を騙して、しかも雄一にまで嘘をついて」

「だったら、二人で仕返しをしよう。私やあんたを、こんな目にあわせた奴らに」

「仕返し? ——それは、もう、できることならやってやりたい。でも、どうやって? 私なんか、何の力もないわ」

「それをこれから考えるんだ」

と、泡口は言って、のぞみの冷たい手を握ると、

「何か手はある。向こうはもう私たちのことなんか忘れてしまっている。だからこそ、油断しているだろう。——私は、自分がどうなっても、あの女に仕返ししてやる」

「泡口さん……」

のぞみの眼が輝いていた。

「私もやるわ。郡山とアケミに、心から後悔させてやる」

「その調子だ！　さあ、そのためには元気をつけないと。何としてでも、栄養のあるものを食べて、体力をつけよう」

「ええ！　私、何だか力がわいて来たわ」

「よし。二人で、あいつらを叩きのめしてやろう」

泡口は、初めてのぞみの体を抱き寄せた。

「泡口さん……」

「今は何もしない。——復讐をやりとげたら、あんた、私の女房になってくれるか」

「ええ！　もちろんよ！」

のぞみは涙をためた目で、じっと泡口を見つめていた……。

✱ 事故

「何かあったのかしら」

神代《かみしろ》エリカは、食べる手を止めて言った。

「表が騒がしくない？」

「表なんて、いつも騒がしいじゃない」

と、食べる手を止めずに言ったのは、橋口《はしぐち》みどり。

みどりの言うことももっともである。神代エリカと橋口みどり、そして大月千代子《おおつきちよこ》の三人が昼食をとっているのは、N大の学生食堂で、いつも学生たちがワイワイガヤガヤにぎやかな所だからだ。

しかし、父・クロロックの血をひいて、人間よりずっと鋭い聴覚を持っているエリカには、外の「単なる騒音」とは別の音を聞き取ることができた。

エリカはまた食べ始めた手をすぐに止めると、

「聞いたことのある声だわ」

と言って、立ち上がった。

「エリカ――」

「食べてて、ちょっと見てくる」

学生食堂を出たエリカは、隣の事務棟《とう》から凄《すご》い勢いで聞こえてくる女の怒鳴り声を聞いて。

「やっぱり、そうだわ」

と呟《つぶや》いた。

その事務棟の前には、その声を聞きつけて何十人も学生が集まっていた。

「――どうしたの？」

　エリカは同じゼミの男子学生を見付けて訊《き》いた。

「国会議員の中根《なかね》ユリだよ。ほら、元タレントの」

「知ってるわよ」

「何だか、今日うちの大学の行事で挨拶《あいさつ》することになってたとか……」

「今日？　何もないでしょ。行事なんて」

「そうだよな。でも確かに招《よ》ばれたって言って怒ってんだ。しかも……」

　と、その学生が言わない内に、中から中根ユリの怒鳴るのが聞こえて来た。

「私を誰だと思ってるの！　天下の国会議員よ！　その私が貴重な時間を割いて、こんな三流大学へ来てやったっていうのに、招んだ覚えはない、とはどういうこと？」

　それを聞いて、表に集まっていた学生たちは、

「三流大学はねえだろ」

「だったら来なきゃいいだろう」

　と、口々に文句を言っていた。

「ですが、私どもには全く覚えのないことでして」

と、必死に言いわけしているのは事務長で、ユリは、

「大体何なの！　中根ユリが来てるっていうのに、どうして学長が迎えに出ないのよ！」

「ですから、本日、学長はニューヨークに行っておりまして……」

「じゃ、この責任は誰が取ってくれるの！　私の時間は、あんたのような凡人のものとは価値が違うのよ！」

「あの……ただいま副学長がこちらに向かっておりますので、ひとまず応接室でお待ち下さい」

「フン、じゃあ十分だけ待ってやるわ」

中根ユリは事務長に案内されて、応接室へと入って行った。

「ひどいわね」

いつの間にか、みどりと千代子もやって来ている。

「ね、みどり。私の鞄とか、ちょっと頼むわ。私、アルバイトして来る」

「アルバイト?」

——数分後、エリカは澄ました顔で応接室へ、お茶を持って行った。

ユリは一口飲んで、

「安物ね。もっといいお茶を出しなさいよ」

「ただいま副学長が参りますので」

と、エリカは言って、

「ちょっとエアコンをお入れします」

壁のボタンを押すふりをして、手の中の別のボタンを押すと、小型の箱をさりげなく棚に置いて、応接室を出た。

少しして、大学の中に、応接室での中根ユリと副学長の会話が大音量で流れた。

エリカが隠しマイクを仕掛けたのである。

「——百万円、でございますか」

と、副学長の声が震える。

「そうよ。一分間挨拶してくれたら百万出すって言うからやって来たのよ」

「そんなことは……私どもではそのような……」

「そんなの、私の知ったことじゃないわ。ともかく、あんたの大学の名前で依頼があってやって来たんだから、そっちの責任よ」

「しかし、その……突然そうおっしゃられても……」

「じゃ、次の大学入試対策会議で、この大学がどうランク付けされてもいいのね？　私はあの会議の顧問なの。あの会議はね、事実上、私の言うなりなのよ」

「は……それはその……」

「おとなしく百万出す？　それとも黙って帰れと？」

「あの……少々お待ち下さいませ！」

ややあって、

「ただいま学長と電話で相談しましたところ、中根先生に大変失礼なことをして申しわけないと……」

「分かればいいのよ」

「はい。こちらに、その……」

「百万、ちゃんと入ってるんでしょうね？　まあいいわ。一枚でも足りなかったら、この大学は終わりよ」

大学中が唖然として聞き入っていた。

「これじゃ、ゆすりだぜ」

と、学生の一人が言った。

中根ユリは表に停めてあった公用車に乗り込んだ。——運転手は居眠りしていて、「放送」を聞いていなかったのだ。

中根ユリの車が大学を出るより早く、この事件は、学生たちの手でネットに流れていた。「放送」を録音していた学生は、そのままを流した。

「エリカ、よくやった」

と、千代子が言った。

「まあね。でも、誰が中根ユリにそんな話を持ってってたんだろうね……」

と、エリカは言った。


「何だって言うのよ！」

と、中根ユリは誰もいない空間に当たり散らすように怒鳴った。

「私のことを馬鹿にして！　許さないわよ！」

TV局のロビーである。

むろん、人の出入りは多いので、中根ユリのこの怒鳴り声は何人もの耳に入っていて、みんなびっくりして足を止めた。

しかし、下手《へた》に係わると大変だ、というので、誰もが、「聞こえなかった」ふりをして、足早に通り過ぎて行った。

「フン……」

ユリはロビーのソファで、腕組みをして座っていた。

ユリは、ここしばらくなかったこと――叱《しか》られるという経験をして来たのだった。

「あれはまずいぞ」

ポツリと言ったのは、栗山泰治《くりやまたいじ》。――財界で、大きな力を持っている男である。

今、六十歳だが、まだエネルギッシュで、脂《あぶら》ぎった印象の男である。そして、中根ユリのパトロン、つまり後援者でもあった。

具体的に言えば、栗山はユリに金を出し、今の首相とのパイプ役に使っていた。

そのユリが、N大学へ乗り込んで、百万円を「ゆすり取って」来たのだ。

まずいことに、誰かが隠しマイクでユリの言葉を拾って、大学中に流していた。

そしてそれはそのままネットに流れて行ったのである。

マスコミも、格好のネタとして取り上げていた。

これが大学側の話だけだったら、今や首相のペットとまで言われるユリを怒らせるようなことはできないだろう。しかし、他ならぬユリ自身の肉声が流れているのだ。

もともと、どこでも人を人とも思わない態度のユリに、いい印象を持っているわけではないTV局も、一斉にユリの言葉をそのままワイドショーなどでくり返し公開した。

栗山に、「まずい」と言われたのは、ユリにも応《こた》えた。——パトロンを失ったら、ユリの地位は危ない。

それで、TVに出演して、N大に対し、

「申し訳ない」

と謝罪することになったのである。

しかも、もらった百万円は返さなくてはならない……。

ユリとしては面白くない。

「どうして私が謝らなきゃいけないのよ！　この中根ユリが！」

と、文句を言い続けていると——。

「どうかなさいましたか?」

と、ユリに声をかけて来たのは、地味なスーツを着た中年女性。

「いえ……。別に」

と、ユリはそっぽを向いた。

すると、その女性は、

「あの……。もしかして、中根ユリ先生ではございません?」

ともかく「先生」という言葉に弱いユリである。ついニコニコして、

「ええ、そうよ」

と、その女性を見た。

「まあ、こんな所でお目にかかれるなんて!　私、先生のことをずっと応援しております の」

「あらそう。嬉《うれ》しいわ」

「今日はTVへのご出演でいらっしゃいますの?」

と、その女性はユリの向かいのソファにかけて、

「いつも、先生のきっぱりとした言い方には胸のすく思いをしております。今日は
どこの番組に?」

「ええ、ちょっとね……」

つい、顔をしかめてしまう。

「あの——もしかして、ワイドショーなどで取り上げられているN大学の件につい
て、でしょうか?」

「まあね」

「報道は本当に失礼ですよね!　先生の日ごろのご活動を知っている人間なら、先
生がそんな道に外れたことをなさるわけがないと分かるはずです」

ユリは嬉しくなって、

「そう!　そうよね。あなたのような人ばかりだといいんだけど……」

「ニュースキャスターだの、コメンテーターだのの言うことなんか、お気にされる

ことはございませんわ。あの人たちには、先生が国のために、どんなに命がけで働いてらっしゃるか、全く分かっていないのですもの」

「そうなのよ！　あんな連中、適当なことを言って、何も責任取らないしね。私にN大学へ謝罪しろと言ってるのよ！」

「まあ、何てことでしょう！　先生のおっしゃったのは当然のことです」

「ねえ、そう思うでしょ？」

と、ユリは身をのり出して、

「もちろん――『三流大学』とかは、ちょっと言い過ぎたかもしれないけど……」

「だって、事実ですもの。本当のことを言って何がいけないんでしょう」

「そう！　そうよね。私は何も悪いことなんか――」

「ええ、そうですとも！　百万円の件だって、先生の貴重なお時間の対価としては当然の金額です」

「私、あなたの言葉で自信がついたわ。TVに出ても謝罪なんかしない」

「謝罪される必要なんてありませんよ！　むしろ、ＴＶの人たちこそ、先生に謝るべきです」

「その通りだわ！　あなたって、本当によく考えてるわね」

ユリは興奮して、頬を上気させていた。

「国民は先生を心から愛して尊敬しているのですわ。先生の思われるままをお話しになれば、みんな喝采《かっさい》しますとも」

そこへ、局のＡＤが、

「中根ユリさんですね。スタンバイ、お願いします」

と、呼びに来た。

「分かったわ」

ユリは立ち上がると、胸を張って、

「案内しなさい」

と命じた。

「では、中根ユリ議員からお話を伺《うかが》います」

と、司会の男性アナウンサーが言った。

TV画面に、中根ユリの顔が大映しになった。カメラを真っ直ぐに見ている。

「N大学での言動について、おっしゃりたいことがおありとのことですが……」

と、アナウンサーが促すと、ユリはちょっと咳払《せきばら》いして、

「この度のN大を巡る一件につきましては、真に遺憾《いかん》に思っております」

と言って、それで口をつぐんだ。

司会のアナが当惑《とうわく》げに、

「あの――お話はそれだけでしょうか?」

と訊《き》いた。

「いえ、他にも」

と、ユリはTVカメラを真っ直ぐに見つめて、

「私は事実を言っただけで、それが気に入らなければ、N大学など、なくなってし

まえばいいんです！」

アナウンサーが焦《あせ》りまくって、

「あの……時間がございませんので、この辺でコマーシャルに――」

しかし、ユリはお構いなしに、

「百万円、要求しましたよ、ええ。当然じゃないですか。私が、日本の大学教育のためにどれだけ貢献《こうけん》したか。それを考えれば、百万円なんて安いものです」

生中継である。

スタジオの中は、無言ではあったが、雰囲気は「大騒ぎ」だった。

「おい！　早くＣＭ入れろ！」

と、アナウンサーが怒鳴った……。

✱暗示

「こいつは大変だな」

と、クロロックがTVを見ながら言った。

「でも、どうしちゃったんだろ」

と、エリカが呆《あき》れて、

「そりゃ、中根《なかね》ユリが頭いいとは思わないけど、こんなこと言って……」

二人が見ているのは生放送ではなかった。

翌日のワイドショーが、くり返し中根ユリの「暴言」を放映し続けていたのである。

ユリをペット並みに可愛がっていた首相も、さすがに、

「不適切な発言だ」

と言わざるを得なかった。

そして、ユリに、「厳重注意した」と言ったのだが、とてもそれぐらいではおさまらない。

海外でも大ニュースになり、ユリの所へ直接海外メディアが取材に来るに至って、

「議員辞職」の声が上がり始めた。

「――辞《や》めなきゃ仕方ないよね。百万円は大学に返って来るかな」

と、エリカは言ったが、

「お父さん、何を考え込んでるの?」

クロロックは深刻な表情でＴＶを見ていたのである。

「これはただごとではないぞ」

「どういうこと?」

「中根ユリだって、自分が今の地位にいるのが誰のおかげか、分かっておろう。そういう人間が黙ってはいない」

「うん、そうだね」

「誰かが、中根ユリをたきつけたと見るのが当然だろうな」

「たきつけた？　お父さんが催眠術でもかけたの？」

「そんなことはせん。しかし、人の口車に簡単に乗せられてしまったのは本人のせいだが、仕向けた人間には何か目的があったのかもしれんな」

「じゃあ、もしかすると……」

「うむ。あのとき会った、泡口《あわぐち》という元社長。——あの男に会ってみたいな」

「泡口が中根ユリをたきつけた？」

「それはあるまい」

　と、クロロックは首を振って、

「中根ユリは、泡口が自分を恨んでいるのを承知している。泡口自身ではない誰かが……」

そう言ってから、クロロックは、

「しかし……。ホームレスになっているという男を、どうやって捜したものか」

と、考え込んだ。

「乾杯！」

二つの紙コップが触れ合ったが、もちろん音はしなかった。

しかし、その二人にとっては、シャンパングラスの軽やかな音が聞こえていただろう。

地下鉄の駅を出たところにあるベンチで、泡口と郡山《こおりやま》のぞみはコンビニの弁当を食べていた。そして、地下通路の液晶TV画面に、ニュース番組が流れていたのだ。

「中根ユリ議員は、『私は悪くない！』と言い張って、あくまで辞職はしないとのコメントを……」

というアナウンサーの言葉に、

「ユリの奴も終わりだ」

と、泡口が言った。

「首相も見放してる。議員でなくなりゃ、ユリのことを相手にする人間なんかいないさ」

「自業自得《じごうじとく》ですよ」

と、のぞみが言った。

「ありがとう。あんたのおかげだ」

「とんでもない。私一人、こんなスーツまで買ってもらって」

「あんたにゃ礼もできない。せめて、そのスーツぐらいはプレゼントさせてくれ」

「ええ。——遠慮なくいただくわ」

二人は弁当を食べ始めた。紙コップに缶のビールを注ぐと、泡口が言った。

「今度は私の番だな」

「でも、泡口さん。警察に捕まるようなことはやめてね。あなたを刑務所へ入れたくない」

「そこまでやるつもりはない。しかし――ある程度は痛い目にあわせなくてはな」

と、泡口は言った。

「でも……」

と、のぞみが口ごもる。

「――どうした？」

「息子のことは……。雄一《ゆういち》には何もしないでちょうだい」

「分かった」

と、泡口は肯《うなず》いた。

目標は、郡山太一《たいち》と、再婚相手のアケミという女だ。

そのとき、

「おや、こんな所に」

と、声がした。

「――クロロックさん!」

泡口はびっくりして、

「どうしてここが?」

「元の部下の人が、あんたをこの辺で見かけたと教えてくれてな」

「そうでしたか。見られていたとは……」

泡口は微笑んで、

「私と分かっても、声をかけにくかったんでしょうね。ああ、こちらは郡山のぞみさんといって、私の友人です。――いつかお話しした……」

「クロロックさん、ですね」

と、のぞみは会釈《えしやく》して、

「本当に、映画の吸血鬼のようですのね! あ、ごめんなさい。失礼なことを」

「いやいや、映画の方が私の真似をしておるのです」

と、クロロックは言った。

「泡口さん、あの女性のことでは、胸がスッとされたのでは？」

「中根ユリのことですか？　全くです！　もう誰も守ってはくれんでしょう」

「まあ、自業自得というところでしょうね」

「確かに。——私よりあの女の方が、この先の人生は長い。みじめな思いをすることでしょう」

「ところで、今はどうしておいでかな？」

「私ですか？　まあ、日雇いの仕事や、公園の掃除など……。何でもやりますよ。しかし、体を動かして働くというのは、なかなか気持ちのいいものですね」

「それは結構。——ではお達者で」

「どうも」

クロロックは一礼して、立ち去った。

「——ふしぎな人ね」

と、のぞみが言った。

「何だか、心の中を覗《のぞ》き込まれているような気がしたわ」

「もう何百年も生きているから、知恵がたくわえられている、と言っていたよ」

「まあ。本物の吸血鬼のようね」

と、のぞみは笑った。

「〈鬼〉と呼んでは気の毒だがね。とてもいい人だ」

「本当。他人でも、あんなに暖かい人もいるのに、身近でも氷のように冷たい人もいる」

のぞみは、ひとり言のように言った……。

「あなた……」

と、アケミが言った。

「――何だ？」

郡山太一は風呂上がりで、大欠伸《おおあくび》をしながら、

「どうかしたのか」

と訊いた。

「あの……」

アケミは少しためらって、

「雄一君のことだけど」

「雄一がどうかしたのか」

「どうした、ってわけじゃないけど……」

「急ぐ話でなかったら、明日にしてくれ。疲れてるんだ」

郡山はベッドへ潜り込もうとした。

「あなた。——何だか、このところ雄一君の様子がおかしいと思わない？」

と、アケミはあわてて言った。

「おかしい？」

「ええ。何だか、私とほとんど口をきかないの。あなたは帰りが遅いから分からないでしょうけど」

「そうか?　まあ……心配いらない。そういう年ごろだよ」

「でも……」

「今度の日曜日にでも、ゆっくり話してみるよ」

「じゃあ……お願いね」

「ああ……」

郡山は、アケミに背を向けて、すぐ寝入ってしまった。

アケミは、ちょっとため息をつくと、寝室の明かりを消して、廊下へ出た。

「お風呂だわ……」

——夫に雄一のことを相談したのは初めてではない。つい五、六日前にも同じ話をしたが、そのときも、夫は、

「今度の日曜日……」

と言って、寝てしまったのだ。

もう自分が言ったことなど忘れてしまっているだろう。

こんなはずじゃなかったのに……。

お風呂に入って、アケミはまたため息をついた。

二十一歳年上の郡山太一は、二十代のアケミからは「落ち着いて、頼りがいのある男性」と見えた。上司への憧《あこが》れが恋心に変わるのに時間はかからなかった。

そして郡山もアケミを愛してくれた……。妻ののぞみを追い出すようなことになったのは、アケミとしても辛《つら》かったが、仕方のないことだったと自分に言い聞かせていた。

しかし、いざ妻の座についてみると、郡山はごく平凡な中年の疲れた男でしかなかった。

結婚できて幸せではあったが、でも、求めていた暮らしと、どこか違うと思ってしまうのだった……。

「考えてたって、仕方ないわ……」

と、自分へ言い聞かせるように呟《つぶや》いて、アケミは風呂を出た。

パジャマを着ていると――。

「ええ、それはいい話ね」

と、居間の方で声がする。

「お義母《かあ》様?」

夫、郡山太一の母、充代《みつよ》である。

でも、こんなに遅く、何だろう?

「――そうよ!　ぜひその話に入れてちょうだい!」

誰かと電話で話しているのだ。――アケミは、そっと居間の方へと歩いて行った

……。

✠ 境界

「もしもし、あなた？」

と、アケミは言った。

「何だ？　仕事中だぞ」

と、郡山《こおりやま》は不機嫌そうな声を出した。

「分かってるけど……」

アケミは、外から喫茶店の中を覗《のぞ》き込んで、

「お義母様《かあさま》のことで」

「その話か」

郡山はうんざりしたように、

「今朝も話したじゃないか。お袋にはちゃんと確かめた。お前の聞き違いだよ」

「だけど……」

「いいか。――お袋はまだ七十五だ。頭だってしっかりしてる。妙な話に騙《だま》されるようなことはない」

「そうだと思うけど――」

「だったら、いちいち電話して来ないでくれ！　いいな、忙しいんだ」

郡山は切ってしまった。

アケミは涙がにじんで来るのを感じた。

「どうしよう……」

夫を信じたいが、現に今、充代《みつよ》は喫茶店で誰かと待ち合わせている。その前に銀行に立ち寄っているのだ。

大事そうに抱え込んでいるのは、小旅行に持って行くバッグだ。あの中身はおそらく現金だろう。

アケミは、夜中の電話で、充代が誰か分からない相手の「うまい話」に乗せられて、

「一千万くらいなら出せるわよ」

と言っているのを聞いたのである。

相手は、それが何倍にもなって戻ってくると約束しているようだったが、そんなことがあるわけはない。

アケミは、手遅れにならない内に、と夫にその話をしたのだが……。

郡山はアケミの話を聞いても、半信半疑の様子で、母親に確かめはしたものの、

「そんな馬鹿なこと、するわけがないでしょ」

と叱《しか》られると、アケミの方が間違いだと決めつけた。

それでも、アケミは諦《あきら》め切れずに、こうして充代の後を尾《つ》けて来たのだ。

一千万円の現金を、みすみす騙し取られるわけにはいかない……。

「やあ、どうも」

と、いかにも口の達者な感じの男がやって来て、充代の前に座る。

アケミは、思わず店の中へ入って、空いていた席に座った。充代は目の前の男との話に夢中で、アケミのことに気付かない。

「いや、実に頭のいい方だな、充代さんは！」

男は充代を持ち上げて、

「で、持って来ていただけましたか？」

「ええ、ここに」

充代がバッグをテーブルの上に置く。

「こりゃうれしいな！　決して損はさせませんからね」

「信じてるわよ。うまくやってね」

「もちろんです！　ひと月あれば、まずこの倍にはしてあげられますよ」

「すばらしいわね！」

「じゃ、僕はすぐこれを持って……」

と、背広姿の男はバッグをつかむと、立ち上がった。

「そんなに急ぐの？」

「もちろんですよ。善は急げってね」

「それもそうね」

男は何も注文もせずに、バッグを手に店を出て行った。

アケミは止めたかったが、どうすることもできなかった。——充代はニコニコしながらコーヒーを飲んでいる。

すると——今出て行った男が、戻って来たのである。

そして、バッグを充代の前にドカッと置くと、

「何だ、これは！」

と怒鳴ったのだ。

「人を馬鹿にするのもいい加減にしろ！」

充代は唖然としているばかり。

「これが一千万か？　ええ？」

男がバッグを開けて、逆さにすると、中から束にした新聞紙がバサバサと落ちて来たのである。

「こんな……こんなはずないわ！」

充代が呆然としている。

「おい、あんた、俺をからかうつもりか？」

「まさか！　本当に私は……」

「ふざけるな！」

男はおどしつけて、

「ただじゃ済まさねえぞ！　今すぐ金を持って来い！　さもねえと、腕の一本もへし折ってやる！」

するとそこへ、

「お前もへし折られたいか？」

と、店へ入って来たのは――クロロックである。

そして、クロロックにつまみ上げられて床へ放り出されたのは、革ジャンパーの男で、

「ここを出てすぐ、そのバッグの中身を入れ換えたのだな」

クロロックは、手さげ袋を投げ出した。中から札束が飛び出す。

「貴様……」

背広の男はクロロックに殴りかかったが、簡単に腕をひねられ、床へ叩きつけられた。

「――いい年令《とし》をして、馬鹿な金もうけの話に引っかかるとはな」

と、クロロックは言った。

「私は……」

充代が青ざめる。

「お義母様」

アケミが立って行くと、

「帰りましょう。――もう忘れて」

バッグへ現金を詰めると、充代を促《うなが》した。

「まさか……こんなこと……」

ショックから立ち直れない充代の腕を取って、アケミはコーヒー代を払うと、

「あの……どなたか存じませんが……」

と、クロロックへ言った。

「行きなさい」

「はい……。本当に、どうも……」

アケミは充代を支えるようにして、店から出て行った。

クロロックはのびている二人を見下ろして、ポカンとしているウエイトレスへ、

「水でもかけてやれ」

と言うと、出て行った……。

「私の話が信じられないって言うの？」

アケミは愕然《がくぜん》として、郡山を見つめていた。

「お袋がそんなことをするわけがない」

と、郡山は冷ややかに、

「お前が仕組んだことだと言ってるぞ」

「お義母様が？　そんな……」

すると、

「嘘つきは親父とおばあちゃんの方だよ」

と、雄一《ゆういち》が居間へ入って来た。

「何だと？」

「母さんを追い出すなんて、ひどいよ。母さんはね、今ホームレスになって公園で暮らしてるんだぜ」

アケミが息を呑んだ。

「本当なの?」

「ああ。この間、バッタリ会ったんだ」

と、雄一は言った。

「あなた……。のぞみさんはご実家でのんびり暮らしてると……」

「知るか! 離婚した奴がどこでどうしてるかなんて、いちいち知らんよ」

「だけど……」

「お前がそうさせたんじゃないか! 奥さんと別れてくれと、しつこく言って——」

「ああ……」

アケミは頭を抱えた。

「何てことを……。あなたがこんな人だと知ってたら……」

「不満でもあるのか」

と、郡山は言った。

「あなた……」

アケミは青ざめて、立ち上がると、

「間違ってたわ……。私が出て行きます」

「好きにしろ」

と、郡山は止めようともしなかった。


家を出たものの、アケミもどこへ行っていいか分からない。

自分のお金はほとんど持っていない。

夜道を歩きながら、

「こうやって、ホームレスになるのね……」

と呟《つぶや》いた。

しかし、家に戻ろうとは思わない。郡山という男の本性を見てしまった以上は……。

寂《さび》しい夜道だった。

小さなバッグ一つ持って歩いていたアケミは、後ろから小型トラックがやって来るのに気付いて、道の端へよけた。道幅は充分に広い。

だが——トラックは真っ直ぐアケミへと向かって走って来た。あわててよけると、トラックは、アケミの手にしていたバッグを弾き飛ばした。

少し先へ行って停まったトラックは大きくUターンすると、またアケミめがけて走って来た。——私を狙ってる！

アケミは走り出そうとして、足がもつれて転んだ。

ひかれる！

そう思ったとき、トラックが突然信じられないほどの急角度で曲がったと思うと、道路脇の土手にぶつかった。

「ああ……」

今のは？　どうしたんだろう？

アケミが呆然としていると、

「――大丈夫ですか？」

と、大学生くらいの女の子がやって来た。

エリカである。

「今のトラック……」

「父が、力を使って、カーブさせたんです」

「お父さんが？」

アケミは、クロロックの姿を見て、

「あなたは……」

「無事で良かった」

と、クロロックは歩み寄って、

「あんたの夫はな、今他の女と親しくなっておる」

「主人に女が?」

「あのトラックは、あんたにかけた保険金を手に入れるために、郡山が雇ったのだよ」

「私の保険金……」

アケミは肩を落として、

「私……何てことをしたんだろう……。のぞみさんを追い出したりして……」

と、涙を拭《ぬぐ》った。

「謝りたければ、そこにいる」

と、クロロックが言った。

「え?」

振り向いたアケミは、のぞみが立っているのを見て、

「のぞみさん!」

「無事で良かったわね。郡山には罪を償《つぐな》わせないと」

「私を……殴《なぐ》るなり、けるなりして下さい。何をされても私……」

「恨んでいたわ、あなたを」

と、のぞみは言った。

「でも、泡口《あわぐち》さんが調べてくれたの。郡山のことを。あなたも被害者だったのよ」

「のぞみさん……」

アケミはのぞみの肩に顔を伏せて泣いた。

「——あの人たち、どこへ行ったのかしら」

と、のぞみは周囲を見回して、

「クロロックさんって、ふしぎな人なのよ」

「のぞみさん。私も一緒に暮らしていいですか?」

「公園の中で?」

「ええ、ぜひ!」

——のぞみがアケミを公園の中のビニールハウスの「わが家」へ連れて行くと、

泡口が紅茶をいれて待っていた。

「やっぱり寝心地はよくないよ。体にも悪い。三人で働けば、どこか安いアパートぐらいは借りられるよ」

と、泡口は言った。

「でも私はお邪魔では？」

と、アケミが泡口とのぞみを見ながら言った。

「二部屋のアパートにしましょ」

と、のぞみが言って笑った。

すると、そこへ、

「楽しそうだね」

と、顔を出したのは――。

「雄一！」

のぞみが息子を抱きしめて、

「どうしてこんな所へ?」

「僕も一緒に暮らしたいんだ。あんな親父の所じゃなくってね」

「郡山は、あのトラックの件で、取り調べられるだろう」

と、泡口は言って、のぞみへ、

「仕返しはできなかったが……」

「いいえ! これほどの仕返しはないわ!」

のぞみは雄一の手を取って、

「これからのことを、ゆっくり考えましょ」

と言った……。

そして四人はビニールハウスの中で夜中まで話していたのだが、なにやら突然外が騒がしくなった。

「——誰かが酔っ払ってるな」

と、泡口は苦笑して、

「女の声だな」

と言った。

「私を誰だと思ってるの！」

と、その声は公園中に響き渡った。

「天下の国会議員よ！　ざまあみろ！」

泡口がびっくりして、

「あれは――中根《なかね》ユリだ」

外へ出てみると、ユリは酔い潰《つぶ》れて、ベンチで寝てしまっていた。

「あらまあ……」

と、のぞみが言った。

「国会議員が公園のベンチで寝るか。――人間、どうなるか分からないものだな……」

と、泡口は言った。

「せめて、毛布でもかけてやろう……」

——中根ユリの高いびきは、朝まで続いて公園の「住人たち」を悩ませた……。

吸血鬼の誕生祝

✱悔しい夜

「いい加減にして下さいよ！」

その声は、鋭い刃物のように、馬渕《まぶち》の胸を切り裂いた。

むろん、本当に切ったわけではない。しかし、ある意味では、その傷はどこまでも深かった……。

「私は何も……」

と、馬渕が言いかけると、

「言いわけは聞きたくありません！」

と、岐代《みちよ》は甲高《かんだか》い声で遮《さえぎ》った。

「なあ、岐代……」

おずおずと口を開いたのは、岐代の夫で、馬渕の息子の星一《せいいち》だった。

「あなたは黙ってて！」

岐代に怒鳴られると、星一はあわてて口をつぐんだ。

「ともかく、もう我慢できないわ」

と、岐代は息をつくと、じっと義父の馬渕広三《こうぞう》をにらみつけて、

「施設に入っていただきますからね」

と言った。

「おい、何もそこまで――」

と、星一は言おうとしたが、

「約束でしょ！　この前、この次に問題を起こしたら、お義父《とう》さんには施設へ入ってもらうって」

「親父も反省してるんだし、今度は見逃してやっても……」

「いいえ！　もう限界よ！」

岐代は腕組みをして、

「お義父さん、荷造りしといて下さい。明日にでも、この家から出て行ってもらいますから」

と宣言した。

馬渕広三は青ざめたが、

「――分かったよ」

と答えた。

「荷造りといったって大したものはない」

「結構ですね」

岐代は冷ややかに、

「送って行く時間はありませんから、タクシーで行って下さい」

「ああ……」

狭苦しい建売住宅のリビングルームは、重苦しい空気のたまった法廷のようだった。

「寝るわよ」

と、岐代は夫を促《うなが》した。

──一人、リビングに残った馬渕広三は、力なくソファに身を沈めてしばらく動かなかった。

広三は今、七十八歳。一人息子の星一は四十二歳、その妻の岐代は四十歳だ。孫の大介《だいすけ》はちょうど十歳になったところだった。

もともと、嫁の岐代とは折り合いが悪かった。

それは息子の星一のせいでもあって、岐代と結婚するときに、

「父親とは同居しない」

と、岐代に約束していたのだった。

「結婚してしまえばこっちのもの」

という星一のやり方は、岐代を怒らせた。

すでに大介を身ごもっていたので、結婚を取り止めはしなかったが、事あるごとに広三とぶつかった。

特にこの一年ほど、広三のもの忘れがひどくなり、家の鍵《かぎ》を失《な》くしたり、鍋をガスの火にかけたまま外出したりすることが続いた。

「全く……。情けない……」

と、広三は呟《つぶや》いた。

自分にも苛立《いらだ》っていたが、それでも、

「あそこまで言わなくても……」

と、岐代のことが憎らしかった。

それに口答えもできない星一にも腹が立った。

そして今日……。

今日は、孫の大介の十歳の誕生日だった。

岐代が、歩いて十分ほどのケーキ屋に、大介のためのバースデーケーキを注文してあって、郵便局に用のあった岐代は、広三に、

「ケーキを受け取って来て下さい」

と頼んだのである。

引き換え券を預かり、それぐらいは簡単なことだ、と、

「ああ、いいとも」

と引き受けた。

そして……広三は、TVのサッカー中継を見ている内に忘れてしまったのだ。

帰って来た岐代は急いで夕食の仕度をした。そして、いざ、大介の好物を並べて
——。

「お義父さん、バースデーケーキは？」

岐代に訊《き》かれて、広三はやっと思い出した。

「すぐ取って来る！」

岐代が爆発する前に家を飛び出した広三は、急いでケーキ屋へ駆けつけ、ケーキを受け取った。そして、持って帰ってくる途中、突然わきから飛び出して来た自転車をよけようとして、ケーキを落っことしてしまったのである。

持って帰ったケーキは、グシャグシャになり、見るも無残な姿になっていた……。

大介は呆気《あつけ》にとられているだけだったが、岐代の方はおさまらない。かくて……。

「全くな……」

どうしてサッカー中継なんか見始めてしまったんだろう?

あのとき、すぐにケーキを取りに行っていれば……。しかし、もうケーキは元の姿に戻らない。

広三はヨロヨロと立ち上がると、いつの間にか玄関へと出ていた。サンダルをはいて、玄関のドアを開ける。

「――どこへ行くの?」

大介が立っていた。

おたんじょう
おめでと

「大介か。——なに、ちょっと出かけるだけだ」

「もう夜だよ」

大介も、母親がおじいちゃんを叱《しか》りつけているのを知っているのだ。

「ね、おじいちゃん。僕、ケーキなんかどうでもいいよ」

「お前……」

広三はつい涙ぐんでいた。

「ね、これ何だろう?」

大介はパジャマ姿で、小さなびんを持っていた。

「どうしたんだ、それ?」

「分かんないけど……。僕の机の上にリボンかけて置いてあったの。おじいちゃんからかと思って……」

「いや、知らん」

広三は玄関から上がって、そのびんを受け取る。何のラベルもない。

「お酒かな?」

「酒?　いや、まさか大介に酒をプレゼントするってことは……」

ふたを開けて、匂《にお》いをかいだ。――なるほど、アルコールの匂いがする。

「うん、どうやら酒だな。でも、どうして大介の机に……」

広三は首をかしげた。

「おじいちゃん、飲んでみてよ」

「俺がか?　――まあ、それじゃひと口だけな」

広三は、びんから直接、ひと口、その液体を飲んだ……。

「深夜料金だと?」

と、フォン・クロロックは言った。

「まだ早い!　そんな詐欺《さぎ》のような話があるか!」

タクシーのドライバーは、苦虫をかみつぶしたような年寄りで、

「ケチなこと言いなさんな。どうせ、経費で落とすんじゃねえか」

と言い返した。

「私は社長だ！　少しでも節約しなければならん」

クロロックは主張した。

「——何騒いでるの？」

居眠りしていたのはクロロックの娘、神代《かみしろ》エリカ。目をさまして大欠伸《おおあくび》すると、

「もう着く？」

「あと二十分だな」

と、クロロックは言った。

「三十分はかかるよ」

と、ドライバーが言った。

「二十分で行くはずだ！　わざと遠回りするなよ」

「誰が——」

タクシーの前にパジャマ姿の子供が飛び出して来て、急ブレーキが甲高《かんだか》い音をたてた。

「危なかった!」

エリカもすっかり目がさめてしまった。

男の子がタクシーの窓の所へ来て何か叫んでいる。

「——どうしたんだろ?」

「ただごとではないな。降りよう」

と、クロロックが言うと、ドライバーが、

「そんなこと言って、料金を払わねえつもりだな! 訴えるぞ!」

「うるさい奴だ」

クロロックが渋々料金を払っている間に、エリカがタクシーを降りて、

「どうしたの?」

と、パジャマ姿の男の子に訊いた。

「おじいちゃんが……」

と、男の子は声が上ずっていた。

「どうしたの？　倒れたの？」

「ううん。――おじいちゃんが暴れてる、の、

「ううん。――おじいちゃんが暴れてるの！」

「え？」

エリカが思わず訊き返すと、目の前の家の窓が粉々に砕けて、椅子が飛び出して来た。

「――夫婦喧嘩か？」

と、クロロックが降りて来て、

「またえらく派手だの」

「おじいちゃんが暴れてるんだ！」

と、男の子が言った。

見ていると、今度はガラス戸を突き破って、ソファが表に投げ出されて来た。

「凄《すご》い力持ちだね。おじいちゃんって、プロレスの選手か何か?」

と、エリカが訊くと、クロロックが、

「いや、これはただの力ではないぞ」

と言った。

「どういうこと?」

そこへ、

「助けて!」

と、声がして、玄関のドアが開いて、ネグリジェ姿の女が転がるように出て来た。

「ママ!」

と、男の子が駆け寄る。

「私、殺されちゃう!」

「まあ、落ちつきなさい」

と、クロロックはなだめた。

「おじいちゃん、お酒を飲んだんだ！」

と、男の子が言った。

「そしたら急に――」

「ワーッ！」

玄関から大の男が、空中を飛んで来て、数メートル先の地面に落下した。

「お父さん……」

と、エリカがクロロックの顔を見る。

「うむ……。これは何かありそうだな」

すると、その家全体が揺れた。そしてメリメリと音がして、裏の方で何かが壊れる音が響いた。

クロロックとエリカが急いで家の裏手へ回ってみると、家の外壁が破れて、大きな穴が空いていた。

そして、誰かの足跡が、小さな庭の地面に残っていたのだ。それは垣根の柵を押し倒して、さらに外へ向かっていた……。

✠ 怒りの刃

「あら、あのニュースね」

夕食の時間、ＴＶを見て、涼子《りょうこ》が言った。

「本当だ」

エリカも食べる手を止めてＴＶへ目をやった。

「――恐るべき力です」

と、マイクを手にした女性リポーターが、現地から中継している。

カメラがズームすると、穴の空いた家の外壁がアップになる。

「七十八歳の老人に、どうしてこんなことが可能だったのでしょうか」

——クロロックとエリカが通りかかってから、すでに一日たって、夜になっていた。

馬渕広三《まぶちこうぞう》はまだ発見されていなかったのだ。

「あの大介《だいすけ》って子が言ってた、お酒っていうのが気になるね」

と、エリカが言った。

「うむ」

クロロックは肯《うなず》いたが、

「おい、こぼしとるぞ！　ちゃんと食べなさい！」

虎ノ介《とらのすけ》にご飯を食べさせているので、ゆっくりＴＶを見てはいられない。

涼子の方がのんびりとＴＶを眺めて、

「息子のお嫁さんに腹を立ててたって。——よくある話ね」

「でも、家からソファを投げ出すって、よくある話じゃないよ」

と、エリカは言った。

息子の星一《せいいち》は道へ投げ出されて足を骨折。妻の岐代《みちよ》は、殴《なぐ》られたりけられたりして、肋骨《ろっこつ》が折れていた。

二人とも怖がって、TVのインタビューにも応じていなかった。

「その酒は見付からなかったのだな」

と、クロロックがやっと自分の食事をしながら言った。

「そうだったね。でも、あれだけ家の中がめちゃくちゃになってたら――」

「あの大介という子の話では、誰かが机の上に、そのびん、、を置いたという。しかし、一体誰が？」

「持って行ったとすれば、その誰か、、は、あの年寄りが暴れている間、家のどこかに隠れてたってこと？」

「それも不自然な気がするが……。問題はあのびんの中身だ」

「いくらスタミナドリンクでも、あそこまで力は出ないよね」

「もちろんだ。それに、あの場合、単に力が出たわけではない。息子や嫁に対する怒りがあっての乱暴だ」

「何かの薬？　――麻薬の一種かな」

「あり得るな」

と、クロロックは肯いて、

「効果がいつまで続くのかも問題だ。大介の話では、広三はそうガブガブ飲んだわけではなかったという。もし効果が限られた時間しか続かないのなら、今ごろ広三は――」

と、クロロックが言いかけたとき、TV画面から、

「キャーッ！」

と、悲鳴が聞こえた。

女性リポーターが、

「怪人が現れました！」

と叫んで逃げようとして、みごとに転んだ。

ＴＶカメラが、暗い夜の中、照明を浴びて立っている一人の老人を捉《とら》えた。

「あれか……」

と、クロロックが言った。

「ひどい姿だね」

――馬渕広三は、シャツとステテコという姿で、それもあちこち破れていた。そして何より当人が、どう見ても九十歳かというほど老《お》いてしまっていたのだ。

「おい、林《はやし》君」

呼ばれたことは分かっていた。

しかし――返事ができない。

頼む。空耳であってくれ！

「林君」

少し苛立《いらだ》ちの口調だった。やっぱり、これは現実なのだ。

「おい、林！」

と、ついに怒鳴り声となって、もうこれ以上聞こえないふりはできなかった。

「はぁ、課長」

林はソロソロと立ち上がり、

「お呼びですか」

「呼んでるのが聞こえてただろ」

〈N工業〉の経理課長、大野敏一《おおのとしかず》は指先で机の上を叩きながら言った。

「はあ……。午後は眠くて……」

林は大野の席の前に立つと、

「それでご用というのは……」

「この伝票だが——」

と、大野が一枚の伝票を机に置いて、

「これは君が切った伝票だな？」

「はぁ。そのようです」

「よう、だと？　この字は間違いなく君の字だろう」

「そうです」

「そうか。――先月分の雑費が、三百万を越える？　一体何を買ったっていうんだ？」

そのとき、林も気付いていた。この伝票を書いたとき、凄《すご》く眠かったのだ……。

「どうも……一桁《ひとけた》間違えたようです」

と、林は言った。

「君にも分かるか？　それはびっくりだな。君にとっちゃ、三十万も三百万も同じことだとばかり思ってたよ」

「書き直します」

と、林がその伝票を受け取ろうとすると、大野はヒョイと伝票をつまみ上げ、

「これは実に珍しい伝票だ。経理に二十年もいる社員が、一桁間違えて伝票を切った。こういうまれな例は、ぜひホームページで公開しないとな」

「ですが課長――」

「文句があるか？　俺は君に恥をかかせてやりたいんだ！」

大野は、激しい口調になって言った。

「そんなこと……。やめて下さい」

「恥ずかしいか？　自分のミスが天下に知らされることが。とんでもないミスが」

「課長……」

林は青ざめた。大野は本気だ。

林和男《かずお》、四十五歳。そして課長の大野敏一は、まだ三十八だった。

林も、自分が仕事のできない社員だということは分かっている。しかし、何もそのことをホームページで世間に公表しなくても……。

「席に戻れ」

と、大野は言った。

「しかし――」

「戻れと言ってるんだ！」

林は青ざめて、そのままオフィスを出ると、トイレに駆け込んだ。

しばらくたって、やっとトイレから出て来ると、

「林さん」

庶務《しよむ》の川井郁子《かわいいくこ》が立っていた。二十七、八の、地味だが気のやさしい女性だ。

「川井君か……」

「給湯室にお茶が置いてあるわ。飲んで、落ちついてね」

「ありがとう……」

林は涙が出るほど嬉しかった。

給湯室に行くと、いれたばかりのお茶が置かれていた。――林は少し冷めてから飲もうと思った。

そして――ふと気付くと、棚の上に、びんが置かれていた。

何だろう？　酒か？

しかし、こんな所に……。

手に取って、ふたを開けると、かすかにアルコールらしい匂《にお》いがする。酒だろうか?

「こいつはいいや。一口飲んで、スッキリしよう」

林はびんに口をつけると、ぐいと呷《あお》った。

——その間に、大野は本当に林のミスした伝票をホームページにのせようと写真に撮っていた。

「大野さん、やめて下さい」

と、川井郁子が大野の机の前に立って、

「あんまり林さんが可哀そうです」

「君はあいつに同情するのか? あんな部下を持った俺にも同情してくれよ」

と、大野は笑って言った。

「お怒りはごもっともですけど……」

と、川井郁子が言いかけたとき、

「大野！」

と、オフィスに響き渡る大声がして、林が手に包丁をつかんで立っていた。

「林さん！　何してるの！」

と、郁子がびっくりして叫んだ。

「俺を馬鹿にする奴は許さない！」

給湯室には小さな流しがあって、棚の中に包丁が入っていた。林はそれを取り出して来たのだ。

「おい！　血迷ったのか！」

大野が真っ青になって立ち上がると、逃げようとしたが、左右は戸棚や机があって逃げられない。

「逃げられるもんなら逃げてみろ！　八つ裂きにしてやる！」

林が包丁を振りかざす。――どう見ても本気だ。

「林さん！　お願い、やめて！」

と、郁子が止めようとしたが、林は全く見ていない様子で、大野へと向かって行った。

「おい！　誰か一一〇番しろ！」

と、大野は叫ぶと、机の上に飛びのった。

そして、隣の机の上へと飛び移ったのだが、机の上の書類を踏んで、ズルッと滑って転げ落ちてしまった。しかも、林の目の前に。

「助けてくれ！　おい、誰か！」

大野が悲鳴を上げる。

しかし、オフィスの誰もが、目の前の光景をただ呆然と眺めているばかりだった。

「お前みたいな奴になめられてたまるか！」

林が包丁を振り上げる。

「頼む！　悪かった！　助けてくれ！」

大野が手を合わせた。

林は別人のように歪《ゆが》んだ形相《ぎょうそう》になって、

「覚悟しろ！」

と叫んだ。

「いけない！」

郁子が林を止めようと腕をつかんだ。

「やめて、林さん！」

「邪魔するな！」

林が郁子を押しのける。その拍子に、包丁の切っ先が郁子の脇腹を切りつけていた。

郁子が呻《うめ》いて、血の出るのを押さえてよろけた。

「ワーッ！」

血を見て、大野が大声で叫んだ。——しかし、動く力はなかった。

林の包丁が大野に向かって振り下ろされた。

✤ かすかな匂い

「ここです……」

車椅子の女性が言った。

「まだ床に血のあとが……」

「痛みませんか、傷が?」

と訊《き》いたのは、車椅子を押しているエリカだった。

「少しは……。でも、大したことありません」

と、川井郁子《かわいいくこ》は言った。

「どうしてあんなことになったのか……」

オフィスは無人だった。エリカとクロロックが訪れていたのだ。

「私に止めることができていたら……」

と、川井郁子はため息をついた。

「でも、彼の怒り方は、普通ではなかったのでしょう？」

と、エリカが訊いた。

「ええ。もちろん、日ごろから、ずっと年下の課長に怒鳴られていて、恨みの思いがたまっていたことは分かります。でも——あの怒りようは……」

「確か、三十回以上も刺したのだったな」

と、クロロックは言った。

「ええ……。私は気が遠くなっていましたけど……。あまりにひどい有様だったので、オフィスがここから引っ越したくらいですから」

空っぽになったオフィスを、クロロックは見渡した。

郁子の傷も思ったより深く、やっとこうして車椅子で外出できるようになったのだった。

「私が気になったのは、事件の凄惨《せいさん》さではない」

と、クロロックは郁子を見て、

「逮捕された林《はやし》をTVで見たとき、とても四十五歳に見えなかった」

その言葉に、郁子はハッとしたように、

「ええ！　――ええ、そうなんです」

と、何度も肯《うなず》いて、

「私も病院のベッドで、そう思いました。TVで放心したように連行されて行く林さんを見て、急に年令《とし》をとったように……」

「髪が大分白くなっていたが」

「あんな風じゃありませんでした」

と、郁子は言った。

「色々気苦労で、薄くはなっていましたが、あんな風に白くなるなんて」

「彼の使った包丁はどこに？」

「給湯室です。もちろん今はありませんが」

「案内していただこう」

「どうぞ。――こちらです」

エリカが、郁子の指さす方へと車椅子を押して行った。

給湯室は、もちろん何も残っていないが、流しや棚は作り付けなので、そのままだ。

「――林さんの話だと、そこの棚に、飲み物の入ったびんがあったと……」

「うむ……」

クロロックは少し目を閉じて集中している様子だった。

「――何か感じる？」

と、エリカが訊いた。

「かすかだが、異様な匂《にお》いが残っているな」

と、クロロックは目を開けて、

「オフィスの方では、血の匂いが強過ぎて、かき消されていたのかもしれん」

「でも、そんなびんは、残っていなかったと……」

「確かに。——私があんたに会いに来たのは、林が事件の後、突然年令《とし》をとってしまったのを見たからだ。あの、家の壁まで突き破った馬渕広三《まぶちこうぞう》も、発見されたときは、九十歳かと思えるほど老《お》いてしまっていた」

「ええ……。確か、数日後に亡くなってしまったのでしたね」

と、郁子は肯いて、

「では、林さんの場合も？」

「私の考えでは——」

と、クロロックが言いかけたとき、

「あの……」

と、声がした。

見れば、エレベーターから降りて来た制服姿の男で、

「〈S急便〉の者ですけど、〈N工業〉って、ここでいいんですよね？」

と言った。

「宅配便の方？」

と、郁子が言った。

「〈N工業〉は引っ越したんです。ここはもう空よ」

「そうですか！　知らなかった。引っ越し先、分かりますかね？」

「ええ。私、憶えてるわ。書くものを」

「お願いします！」

宅配の男がボールペンとメモ用紙を渡すと、郁子は引っ越し先の住所を書いて渡した。

「どうも。助かります」

「君、ここであったことを知らんのかね？」

と、クロロックが訊いた。

「といいますと?」

クロロックの話に、男は目を丸くして、

「——そうだったんですか! いや、もちろんTVのニュースとか見てましたけど、まさかここだったなんて」

「あのときもこの辺りの担当だったのかね?」

「いいえ、私はつい先週からこの地域の担当になったんです」

「そうか」

クロロックは肯いた。そして、

「事件のあったとき、誰がこの辺りの担当だったか分かるかね?」

と訊いた。

やっと夫は眠った。

台所の隅で、じっと膝《ひざ》を抱えてうずくまっていた充子《みつこ》は、リビングのソファから聞こえてくる夫のいびきを耳にして、安堵《あんど》の息を吐《つ》いた。

ゆっくりと立ち上がるのにも、体の節々が痛い。体中がこわばっているかのようだ。

他にも——むろん、右腕のあざや、殴《なぐ》られた頭も痛んだが、今日は大したことはない。ひどいときは肋骨《ろっこつ》にひびが入ったこともあるし、しばらく起き上がれないほど腹をけられたこともある。

でも今夜は……。

ソファで、夫の只野洋一《ただのよういち》は眠り込んでいる。酒くさい息を吐き、いびきはリビングに響き渡っている。

美雪《みゆき》は目を覚ましていないだろうか？

もう大丈夫とは思っても、つい足取りは用心深くなる。

もし、また目を覚ましたら、殴られるかもしれない。理由などない。

「お前の顔を見てると苛々《いらいら》するんだ」

と言って殴る。

そして、充子は、そういう夫の暴力に慣れてしまった。

二階へ上がって、子供部屋をそっと覗《のぞ》く。

美雪はベッドで静かに寝息をたてていた。

ホッとして、充子はドアを閉めた。

それでも、もう美雪は十歳だ。パパがしばしば酔って帰ると、ママのことを殴ったりけったりすることを、知っている。

でも、私さえ辛抱《しんぼう》していれば……。

充子は自分へ言い聞かせていた。私が耐えていれば、家は平和なんだ……。

階段を下りかけたとき、玄関のチャイムが鳴って、充子は息が止まるほどびっくりした。

あの人が起きる！

充子はあわてて階段を駆け下りると、玄関へと走った。

「どなた?」

と、ドア越しに訊くと、

「すみません、〈S急便〉の者です。お荷物が」

まあ。——こんな時間に?

ともかく、夫が起きて来たら大変だ。それが心配で、急いで玄関のドアを開けた。

前にも見たことのある宅配の男性。——でも、今、手には何も持っていなかった。

「あの……荷物って?」

と、充子は訊いた。

「すみません、荷物じゃないんです」

と、男は言った。

「え?」

「この間伺《うかが》ったとき、顔がはれてたでしょう。ご主人が暴力をふるうんですね」

「まあ……。そんなこと……」

と、充子は口ごもった。

「もちろん、僕とは関係ない話です」

と、男は言った。

「でも、黙っていられなくて。僕の母も、よく父に殴られてました。子供心には、とても苦しい記憶ですよ」

「心配してくれるの？　ありがとう」

充子は、やさしい顔立ちのその青年の言葉に、胸が熱くなった。

「今夜も殴られたんですね」

「あ……。分かるの？」

「額《ひたい》を切ってますよ」

言われて、初めて気が付いた。額に傷があって、血が出ている。

「まあ……。気付かなかったわ。大したことないの」

「奥さん、我慢してるのはよくありません。自分さえ我慢すれば、と思っているかもしれませんが、家の中の悪い空気は子供を傷つけてしまうんです」

と、男は言うと、制服のポケットから、小さなびんを取り出した。

そして、それを充子へ差し出すと、

「これを飲んで、気持ちを変えて下さい」

「何なの？　お酒？」

「ドリンク剤みたいなものです」

と、男は言った。

「はあ……」

「それを飲んで、元気になって下さい」

男は帽子のつばにちょっと手をやって、

「夜分、失礼しました」

と、会釈《えしやく》して出て行った。

「妙だわ……」

と、充子は呟《つぶや》いた。

そして手にした小さなびんを眺めた。

元気になって……。あんな、見ず知らずの人から同情されるなんて。

いい、これを飲んで……。

充子は、そっとびんのふたを開けた。

かすかにアルコールの匂いがする。——もともと、少しは飲めるので、びんに口をつけて、一口飲んでみた……。

✤ 生命の力

只野洋一《ただのよういち》は、ちょっと呻《うめ》いて、

「おい……。充子《みつこ》」

と、妻を呼んだ。

「水を持って来い！」

と怒鳴ったが、返事はなかった。

「どこにいるんだ……」

只野はブツブツ言いながら、ソファに起き上がった。

「全く……役に立たない奴だ。おい！　充子！」

酔って帰って来た。そして、充子を一発殴《なぐ》ったような気がする。——昨日だったかな? まあいい。どうせあいつは殴られても文句一つ言わない。慣れてるんだ。俺は毎日会社に行って働いてる。帰って、ストレスを発散するぐらい、当たり前のことだ……。

「おい! どこだ!」

ソファから、少しよろけながら立ち上がると、只野は、リビングの入り口に立っている充子を見た。

「——そこにいたのか。呼んだんだぞ。返事しろ」

と、只野は言った。

「冷たい水を持って来い!」

すると充子は、

「大声を出さないで」

と言った。

「美雪《みゆき》が起きます」

「——何だと？」

只野は妻の思いがけない言葉に、ちょっと呆気《あっけ》に取られていたが、

「誰に向かって言ってるんだ」

と、凄味《すごみ》をきかせて言った。

これで充子は怯《おび》えて、「ごめんなさい」と謝るはずだ。しかし、

「水ぐらい自分で飲めば？　子供じゃないんだから、水ぐらい飲めるでしょ」

充子はちょっと小馬鹿にしたような口調で言ったのだ。只野は耳を疑った。——

こいつ、何を言ってるんだ？

「おい、俺に何て口をきくんだ！」

と、充子の方へ歩み寄って、拳を振り上げた。

しかし、その手首を充子が右手でぐっとつかんだのだ。只野は手首をぐいとねじ曲げられて、

「よせ！　痛いじゃないか！」

と叫んで膝《ひざ》をつくと、

「こんな真似して、どうなるか分かってるのか！」

「どうなるの？」

充子が手を離した。只野は床に尻もちをついた。顔を真っ赤にして、

「貴様……殺してやる！」

と、立ち上がった。

「殺せるものなら、どうぞ」

充子は口もとに笑みを浮かべている。

「こいつ！」

只野が殴りかかる。しかし、充子はアッサリよけると、只野の腕を両手でつかんで、振り回した。

只野の体がソファを越えて台所の床まで投げ飛ばされてしまった。――只野は起

き上がろうとして、悲鳴を上げた。

「手首が……骨が折れた……」

と、泣き声を上げ、

「救急車を呼んでくれ!」

「それぐらいで何よ」

と、充子は夫へと歩み寄ると、

「私がいつもどんな目にあってると思うの? 殴られ、けとばされ、あざと傷だらけよ。あなたも少しは痛みを知りなさい」

「充子……。どうしたんだ。お前……俺に逆らうのか」

「逆らうんじゃない。仕返しするのよ」

充子の拳が振り上げられる。そのとき、

「やめなさい」

と、声がした。

充子は振り返った。

「――誰?」

「フォン・クロロックという者だ」

「何の用?　これは私と夫の問題よ」

「そうではない。あんたが飲んだものは、あんたのこの先の生きる力を、今の瞬間に凝縮させるのだ」

「何ですって?」

「普段は出ない恐ろしい力が出る。しかし、その代わりにあんたは数分で何十年も年令《とし》をとってしまう」

「そんな……」

「今やめれば大丈夫。せいぜい一、二年分の力を使ったぐらいだ。――暴力を振るう亭主は許せないだろう。しかし、娘さんのことを考えろ。亭主と別れて生きていくことだってできるのだ」

クロロックの言葉に、充子は夢からさめたように、

「そう……。そうですね」

と呟《つぶや》くと、手首を押さえて呻いている夫を見下ろして、

「こんな情けない人に怯えていたんですね」

と言った。

そして、充子は電話へと歩いて行き、一一九番して救急車を頼んだ。

そのとき、

「邪魔しやがったな！」

と、声がした。

「まあ、〈S急便〉の……」

と、充子が目をみはる。

「宅配で、方々の家を回りながら、弱い立場で、怒りをずっとため込んでいる人間を捜していたのだな」

と、クロロックは言った。

「あの飲み物をどうやって作った?」

「知ったことか!」

と、男はナイフを取り出して、

「俺の邪魔はさせないぞ!」

と叫んでクロロックへと飛びかかった。

しかし、次の瞬間、男の体は数メートルも弾《はじ》き飛ばされていた。

「——お父さん」

エリカが入って来ると、

「この男のバイクに、こんなものが」

エリカが手渡したのは、何百年もたっていると思える、古びた本だった。

「〈魔法の酒〉か。——昔の書物を、この男が真似して作ったのだろう」

「お父さん」

エリカがハッとして、倒れている男へと駆け寄る。

「いかん。――ナイフで自分の胸を刺したか！」

落ちたときの偶然か、それとも自分で刺したのか、男は息絶えていた。

「お父さん……」

エリカが言葉を失った。

若々しかった男が、見る間に白髪の老人になって行ったのだ。

「まあ……」

充子が息を呑んで、

「これは……何かの呪いですか？」

「ある意味ではな」

と、クロロックは肯《うなず》いて、

「いつの世にも、しいたげられ、嘆《なげ》き苦しんでいる人々がいる。この男は、その『恨み』のエネルギーを操るすべを、古い本から学んだのだろう。しかし、死んでしまっては、詳しいことは謎だ」

　クロロックはそう言って、

「救急車のサイレンだな。——あんたも、自分と娘にとって、どうするのが一番いいか、よく考えることだ」

「はい。ありがとうございます」

　充子は夫を見て、

「この人にも、言いたいことを言ってやります。もう少しも怖くありません」

「それでいいのだ」

　と、クロロックは肯いて、

「エリカ、行くか」

「うん」

「あの……この〈S急便〉の人のことはどうすれば……」

　と、充子が訊《き》く。

「あんたを刺そうとして、勝手に転んだ、とでも言っとくんだな。——では、お大事に」

クロロックは、痛さに涙目になっている只野へと声をかけた……。

夜道を行くクロロックとエリカは救急車とすれ違った。

「あの男の人、どうしてあんなことやったんだろうね」

と、エリカが言った。

「さあな。自分も、誰かにいじめられ続けていたのかもしれん」

「例の飲み物は……」

「捨てたのだな？　それでいい。人間、仕返ししたいと思っても、暴力でするものではない」

と、クロロックは言った。

「お母さんが怖くても？」

「何を言うか。私は涼子《りようこ》を愛しとる。愛する相手のわがままを聞いてやるのは幸せというものだ」

エリカはそっと、

「無理しちゃって……」

と呟いたのだった。

※この作品はフィクションです。実在の人物・団体・事件などにはいっさい関係ありません。

集英社オレンジ文庫をお買い上げいただき、ありがとうございます。
ご意見・ご感想をお待ちしております。

● あて先
〒101-8050　東京都千代田区一ツ橋2-5-10
集英社オレンジ文庫編集部 気付
赤川次郎先生

集英社
オレンジ文庫

吸血鬼の誕生祝

2017年7月25日　第1刷発行

著　者　赤川次郎
発行者　北畠輝幸
発行所　株式会社集英社
〒101-8050東京都千代田区一ツ橋2-5-10
電話【編集部】03-3230-6352
【読者係】03-3230-6080
【販売部】03-3230-6393（書店専用）
印刷所　大日本印刷株式会社

※定価はカバーに表示してあります

ISBN 978-4-08-680139-3 C0193

集英社オレンジ文庫

赤川次郎

天使と歌う吸血鬼

人気の遊園地が、要人が視察に来た関係で入園禁止に！
その歓迎式典で女性歌手が歌を披露するらしいのだが…？

吸血鬼は初恋の味

結婚披露宴で招待客が突然倒れた！？　花嫁は死んだ
はずの恋人と再会！？　二つの事件が意味するものとは？

好評発売中